谨以此书献给我的爸爸妈妈，感谢你们给我生命和成长的力量，让我有勇气去感受现在以及未来。

一切都是美好的安排

艾润◎著

作家出版社

图书在版编目（CIP）数据

一切都是美好的安排 / 艾润著 . — 北京：作家出版社，2018.1（2019.5 重印）

ISBN 978-7-5063-9874-9

Ⅰ . ① 一⋯ Ⅱ. ① 艾⋯ Ⅲ. ① 散文集 — 中国 — 当代 Ⅳ . ① I267

中国版本图书馆 CIP 数据核字（2018）第 010510 号

一切都是美好的安排

作　　者：艾　润
责任编辑：丁文梅
装帧设计：仙境设计
出版发行：作家出版社
社　　址：北京农展馆南里 10 号　　邮　　编 :100125
电话传真：86-10-65930756（出版发行部）
　　　　　86-10-65004079（总编室）
　　　　　86-10-65015116（邮购部）
E-mail：zuojia@zuojia.net.cn
http://www.haozuojia.com（作家在线）
印　　刷：玉田县昊达印刷有限公司
成品尺寸：145×210
字　　数：150 千字
印　　张：8.5
版　　次：2018 年 5 月第 1 版
印　　次：2019 年 5 月第 2 次印刷
ISBN 978-7-5063-9874-9
定　　价：42.00 元

目录

CONTENTS

第三章　爱情：我想和你一起平凡生活，美好不过如此 //137

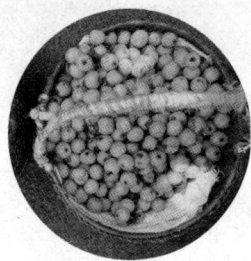

遇见世间的一切美好

文：苏辛

艾润是那种溪流一样的女孩子。溪水不以宽阔深广见称，而是清澈晶莹，平缓安静。你看见她在阳光下闪动细碎金光，在溪底的细沙上投下粼粼金丝，以为她脆弱清浅，却不知一转弯处，溪水聚而为潭，有着凝碧的深沉。而遇见巨石堤坝，她飞浪冲击，却也寻回往复再寻他途，并不只死钻牛角尖。

艾润是那种春日一样的女孩子。春日阳光柔和，万物生发。既不是夏日的酷烈，也不是秋日的朗彻，更不是冬日的骄傲。春日好似个性不强，却因宽和而涵养宝贵的生机。她的世界里，一切事物都有着可以相信、可以原谅的理由。春花可以开，春草可以发，虫蚁可以出洞。她记录它们，不是为了评判，而是因为相信存在本身。

　　是什么时候认识艾润的，其实已经记不清了。人生中有很多遇见，开始得漫不经心，保持得随意随心，最后却自然而然，浸润为一种温厚的日常。模糊盘点一下，与艾润姑娘相识，竟也已有两年多了。

　　相识一年多后，艾润出版了她的第一本书《人生只差好好静度时光》。捧读之时，我惊喜地发现，她下笔写的，正是日常生活中最微小的事物——那些安静岁月里的平凡小事，读过的美好小诗，留存手边的随身小物，走过而不能忘的回忆，偶然相遇的人和事……其实，这才是我们生活的真相。我们，社会中的大多数，就是在如此平淡地生活着。时间之水从身上一刻不息奔流而过，唯有有心人能以笔墨将美好时刻定格，留待来日细数，以解阴霾，以遣浮生。

　　相识两年多，艾润的第二本书《一切都是美好的安排》又将付梓。这本书与第一本书，相似的是温润的质地与宽厚之心，独特的是更开阔的视野与更成熟的胸襟。在我看来，这本书更像一棵美好的花树：以亲情为根柢，叙写生身家庭的沉着厚重；以友情为枝丫，描摹友人守望相助的悠长情谊；以爱情为花朵，深入爱恋者低回宛转的深邃内心；以世情为大地，收集随处散落着的清淡微温的世间人情。

世界是不完美的，是不可能符合自己的梦想的。我们生活于这世间，有很多时刻，要去面对生老病死、求不得、爱别离、怨憎会。魂牵梦绕者，求之不得；互相厌憎者，朝夕相对；相知相惜者，生离死别。内心波澜时时搅动，太多时刻已不相信这世界的美好。而艾润，可能因为被深厚的亲情滋养过，所以对万事万物都有柔和的情谊，自己先对这世界温暖相待：

体察到祖辈父辈的心意，以婉转的方式坚持自我而不是直接对抗；

可以跟自己差别很大的人相处，不强求三观一定融合；

并没有顺遂的恋情，却依然温和地相信爱情；

领受简单的美好，消受陌生人的好意，并随手对其他人馈赠同样的好意……

我们遇见的人和事，都是因为自己而来。

是要经过了许多，才会明白，一切都是美好的安排，即使开端不尽人意，过程曲折反复，结果出人意料。

也是要一直秉持纯净初心，用心生活，才会懂得，在此世间遇见的一切都是美好本身。它们并无善恶之分，区分它们的，是我们的心。西方有智者曾写下著名的三句话："神啊，求你赐给我一颗宁静的心，去接受不能改变的事。求你赐给我信心和勇气，去改变能改变的事。神啊，赐给我智慧，去分辨这两者的不同。"以宁静去接受，以智慧去辨别，以勇气去改变，一切所遇，终将美好。

2016 年春天，我在郑州跟艾润第一次见面。对面的她有着白瓷一样细致的肌肤，和文字一样清澈安静的眼神，还有轻盈的微笑和声音。

那是一次长久的倾谈，第一次相见的两个人，一直在说话，说了五个小时。

告别之后，再想起她，我心里流动起一条春日阳光下的溪流。

第一章

亲人

一切美好，从你而来

一个人的衰老，总是不着痕迹，又处处是痕迹的。

每天每天，向你道平安

一

有天早上，还没醒来，就接到我爸打来的电话。他说：我昨晚做梦梦到你，觉得不放心，要一早给你打个电话。

我心下就知道一定是什么不太好的梦，只好宽慰他，问他梦到什么了？他松了口气：梦到你被洪水冲走了。

我哈哈大笑：怎么会做这么奇怪的梦？转念一想，也并不怎么奇怪，因为这些年来，我爸做的关于我的稀奇古怪的梦实在太多太多，有时候是梦到我被骗了，有时候是梦到我找不到回家的路了。自从我读大学、工作离开家后，他就经常做梦，我和我弟成了他梦境里至关重要的一部分，变换着各种花样轮番出现。

次数多了，每当他说梦到我的时候，我就会开口：爸，我下周就回家。

这时，他又会有点不好意思：没事，没事，如果忙就不用回来了。不等我接话，他就径直往下说：我让你妈把你的被子晒一下，这几天天气好。对了，你想吃点什么？

我就在心里忍不住笑：我爹也是口是心非的主儿。

人们常说，老小孩老小孩，他大概就是到了这么个阶段。可我在心里又十二分不愿意承认他会变老，甚至还很偏执地想：反正我爸永远都正当年，会穿帅帅的白衬衫，会在出门前边照镜子边问我他的头发梳整齐没。

我从来没见过我爸爸邋遢的样子。他的衣服一定要熨平整，扣子要系成一条线，头发丝里不可以出现一根白发，倘若发现目标，做女儿的我，必须第一时间帮他拔掉。小时候，我们最经常玩的一个游戏就是寻找爸爸的白发。我和弟弟，谁能帮他拔掉一根白头发，谁就有糖吃。

那时候，他那么年轻，黑发闪耀有光泽，耐着性子任由我们把他的头发扒拉成鸡窝状，也还是乐呵呵地说：找不到吧，没糖吃喽。

我偏不甘心，还要再费劲搜罗一遍。小孩子满心对糖果的渴求，从来没想过有一天他的头发真的会变白。

他来车站接我，身上随便套着夹克工装裤。

我打量了半天，问道：爸，这夹克衫是我买的吗？

他说：是啊，耐穿。

"这么丑，我眼光有那么差吗？肯定不是我买的。"

他也不反驳：是我自己在网上看中的，让你给下单买的。穿着舒服就好了，哪里还讲究好不好看。我有点愣怔，他以前不是这样的。有一次，他来接我，穿了件特别白的衬衫，那天风大，感觉灰尘都要把人吹蔫了。我就拽着他的衣服袖子开玩笑：你这白衬衫明显扛不住这大风啊，回去就得脏啦。当时他正带着我在集市上买菜，旁边卖鱼的大叔笑道：你爸啊，他好像每次来接你都穿成这样。

是啊，每次都穿戴整齐来接我，带我去买好吃的，他来付账。那么他是什么时候开始变得不修边幅了呢？去年，或者前年，也许还要再早一些。

我坐在副驾驶座，余光瞟过他的发顶，白发斑斑驳驳。

一个人的衰老，总是不着痕迹，又处处是痕迹的。

二

如果我稍微认真一点，就会发现，我的爸爸，从很早开始，就已经在我面前学会了小心翼翼。

读书的时候，他对我的要求是每周至少往家里打三次电话。每次离家返校，一定要给他报个平安。我像是在做任务一样完成他交代的事情，打电话向他陈述我在学校的日常，告诉他我返程途中一切顺利。每次都尽量把通话时间压缩在三分钟以内，因为报备完之后，不知道还能跟他沟通些什么。

这样的情况延续到工作后。

我只要外出，不论是坐火车、坐飞机还是坐大巴，只要他知道，都会强烈要求我到达目的地后给他打个电话。

我总是不放在心上，等想起来时会发现手机上一长串未接来电都是来自爸爸。

电话打过去，他也只有那几句话："到了吗？忙吗？是不是忙完就可以休息啦，都这么晚啦，那你赶紧忙，要记得吃饭啊……"

我在这边，只不过叫了一声"爸爸"，他已经把电话挂断了。

也许是给我打电话的时候，我总是在忙，他就学会了尽量不打扰，也像当年的我一样，压缩通话时间。

我说我在写稿，回头再打给你。我说我在外面跟朋友吃饭，回头再打给你。我说我在公司加班，回头再打给你……

他都是连声说着"好好好"，匆忙切断电话，生怕多耽误我一秒。

只是这个回头，总是一不小心就变成了几天以后。

往往还是他先打过来的。

有阵子，我突然发现他有一星期没给我打电话了，慌忙拨通家里的电话。他像个小孩子一样跟我抱怨：你们都不主动给我打电话，我也不打给你们。

那语气，又寥落又带了点儿任性，极力绷着情绪，维护着自己被子女忽略的自尊心。

这一刻，我的爸爸低成了一道夕阳，苍凉着，也还是红彤彤着。

后来，他学会了玩微信。每天都要给我发语音，絮絮叨叨地说他养的花儿开了几朵，出门遇到了哪个老朋友，翻东西的时候找到了一张我童年的旧照片。我经常是随便回复一下。渐渐地，他也发得少了，只偶尔发张图片：吃的饭，路边的石头或邻居家的小朋友。

他就那样分享着他零碎的日常给我，不介意得不得到回应。

也有可能是介意的，可这介意又无处申诉。只有苛责父母的儿女，他们又哪里敢苛责我们？于是只好作罢。不过，他依然热衷于发各种各样的文章链接给我，养生的，健身的，凡是他觉得我可以用得到的都会发给我。

他也会不动声色地跟我斗气。我俩有龃龉的时候，他会直接甩给我一条链接"父母不容，何以容天下"。我答应了他回家，又转道去找朋友的时候，他也会甩给我"回家的路，才是最美的风景"。我看得哭笑不得，不懂他从哪里找来这么多应景的文章。但又隐隐有点喜悦，似乎这斗气的背后也有几分意气风发。是不是说明了，我的爸爸，他还很年轻？

三

可他又是真真切切地老了。

他开始关注我的恋爱状况，督促我要早点结婚。纵使明知道提到这个话题，气氛就不那么友好，他也硬要说。

我埋怨他不能理解我，他生气我总是不热衷于"找寻归宿"。我振振有词，拿一些自以为是的道理反驳他。

这时候，他就会张张口，想说什么又咽回去，继而握握自己的手，一言不发地出去了。

我只能看他的背影消失在门框那边。

他不跟我争辩，他只是走出去，用一扇门，分开了两道线。

我站在这边，想哭又哭不出来。为何这世上的情感那么多，偏偏就是亲人，让人无从应对？

直到过年的时候，他喝了点酒，拉着我说：爸爸不是非要逼着你嫁人，实在是不知道有一天如果我们老了，不在了，你怎么办？你得有个家啊。

他说：你不要担心，虽然我们家不富裕。但我有退休金，以后我再种点果树什么的，就够得上你妈和我生活了，不会拖累你们的。

他一生傲气，只有在面对孩子的时候，才会把自己放低一些，再低一些。

可纵然放到这么低，也还是只能喟叹一句，自己已经不了解孩子了。他变得胆怯，不自信，想跟我们平等地交流，又不知道哪里是入口。

那天，我蹲在他身边，低声跟他保证：爸，你放心。

放心什么，我也不知道。我们还会遇到难以调和的矛盾，有可能还会争吵。

我不是从前那个听话的小孩，他也不再是那个威严的大人。

空气里又咸又涩。

等到晚上睡觉的时候，我爸给我发来一段视频。

是电影《剩者为王》里的片段，那阵子在微博上流传很广。我爸的微博账号，还是我帮他注册的。

年老的父亲催着女儿嫁人，却又在女儿打算随意找个人嫁了的时候说：我的女儿应该想着跟自己喜欢的人白头偕老地结婚，昂首挺胸的，特别硬气的，有一天带着男方，出现在我面前，指着他跟我说，爸，我找到了，就是这个人，我非他不嫁。那天什么时候到来我不知道，但我会和她站在一起，因为我是她的父亲，她在我这里只能幸福。

过了很久，对话框里多了一行字。我爸说：闺女啊，爸爸们的想法都是一样的。

我握着手机的手颤抖着，眼泪砸在屏幕上，一碎一声响。

我爸呵。

四

小时候，我爸不遗余力向我表述，我在外面苦了累了就可以回家，要记得我有家。

现在之所以这么催我，不过就是害怕有一天我没了家。没有地方可以收容他这个女儿的苦和累，他要怎么放心得下？

可是老爸，我天天给你报着平安呢，我也要天天看着你平安啊。

我开始抽空在微信里给他发我的日常，积极打电话报平安。

可现在轮到他不回复我了。

他又迷上了逛淘宝，看中的东西千奇百怪。好像是要把所有的新鲜玩意都收罗起来。每次还会有点忐忑地加一句：闺女，这个不贵的，才几十块钱，你给我买了吧?

我乐滋滋地买给他。纵使贵，又怎么样呢。我爸喜欢，我乐意。

上次回家，他逮着我说：你教教我用淘宝吧，这样我就可以自己买东西了，不用老烦你。

我笑着拒绝：你只要学会把购物链接复制粘贴给我就行，教会了你，说不定你能把整个商店搬回来，多败家啊。算了，还是我给你买吧。

我能为他做什么呢？也只有这样，尊重他的爱好，满足他的爱好。

那么老爸，就让我为你做点事情吧。哪里就能烦了呢？

哪怕是一生一世，也是有长有短，参差不齐的一生一世。

你走了，我还是会好好活。可我知道，想你的时候，我活得有多不痛快。

总有一个人要先走

一

奶奶的哥哥，我的舅爷，去世了。遗体告别的时候，我陪在奶奶身边，她费力地弯下腰，半蹲在棺材旁，唤了一声"大哥"，而后巡视了一圈，抬头望望周围披麻戴孝的子侄辈，说了句："大哥这样躺着，会不舒服吧。"

两个九十多岁的老人，以这样的形式告别，除了一个称呼，怎样的话似乎都显得多余。

舅爷的女儿上前，边哭边握着奶奶的手，说着要姑姑保重身体的安慰话。

过了会儿，奶奶默默地站起来说：走吧。

我扶着她，穿过灵堂，穿过空气凝重的后院。她走得比平日快许多，眼里也看不出悲戚，仿佛周遭的气氛都同她无关，只是静悄悄来见兄长最后一面。

也许是见惯了人世间各种悲情的缘故，老人的眼泪总像是要金贵些，轻易不会流出来。分离也看不见重量。

大概是知道总有一个人要先走，早已做好了分离的准备。

我们也就想当然以为，做好了准备就不会痛了，没有表露出情绪就是真的没事了。

可是奶奶回家后，就开始不停地在院子里走动，吃饭也提不起精神。大约过了两天后，她提出要去姨奶奶家住一阵子。

"你姨奶奶有白内障，眼睛一直不大好，我过去陪她说说话。"她坐在石凳上，视线越过桌子上摆放的盆栽，直直地奔向远方，又喃喃自语，"见一面少一面喽。"她皱纹纵横的脸上，有一种平静的难过。

就是那种平静，不起波澜，可分明又像是有一种力量把哀伤的情绪都罩了起来，不惧展示在人前，却也不晓得有什么可展示。

恍惚想起小时候，奶奶带我去听戏，戏台上的人都画了脸谱，我害怕到不行，可是看奶奶听得认真，只好把头缩在椅子后面。

听了什么戏，全然不记得，印象中只有后来奶奶牵了我的手往家走。她说：等你长大了，就听得懂戏了。

我到现在也没有培养出对戏曲的爱好，可她这一刻的表情，隐约像是和当年重叠。我甚至按捺不住，奋力想回忆当年到底听的什么戏。

我尝试去问奶奶，她怔怔地看了我一眼，只念叨着要收拾行李去看姨奶奶。

可到底也没去成。姨奶奶先一步来了我们家。

姐俩儿坐在院子里说话。

"你这条头巾好看。"奶奶说。

"孙女给买的，老了，现在是别人给买啥就戴啥了。"姨奶奶应着。

"你还记得某某吗？就是原先那个大胖脸，笑起来挺喜庆的，听说前阵子也走了。"奶奶轻轻叹了声气。

"可不是吗？都得走，早晚的事儿。"姨奶奶沉默了会儿，才说了这么一句。

我端着糯软的点心给她们吃。

姨奶奶咬了一口板栗糕，口齿含糊地说："我到现在也还是爱吃甜。"

奶奶撇嘴："你打小就爱吃这个，我就不爱，腻得慌。"她接着说，"你牙口还好，就是这眼睛，一定得好好看呀，可千万得好好治。大哥走了，你得保重身体啊，你还小。"

我侧身，不敢再听下去。

"你还小"，这样的话只是姐姐对妹妹的念叨，无关乎年龄，无关乎衰老。

我随时准备好跟你告别，以免有一天来不及告别。可每一次告别，都忍不住记挂你多一点。这是老人表达惦念的方式。人生已经被我活过了，死亡不是什么值得惧怕的事情，分离后总还是会在另一个地方重聚。

可我呀，还是想趁着有记忆的时候，多叮嘱你两句。

二

姥爷走得很突然。

是个晴好的日子，他想把家里的旧屋子修葺一下。老房子已经很久没人住了，不知道他为什么会突然生出那样的念头。

结果，他从屋顶摔了下来，送到医院没能抢救过来。

因为太突然，一家人仓皇到只剩下哭泣，连互相安慰的力气都没有。

所有的无法预料都不在人的承受范围内，除了化为悲伤，没有别的办法。

我得知消息赶回去，在车上把从小到大和姥爷相处的所有场景都回想了一遍，心里充斥着没有边际的害怕。

想起来之前还跟姥爷怄气，虽然他不跟我计较，可我想着应该过去郑重跟他道个歉。

不能因为他疼我，就把肆无忌惮的伤害看作理所当然。

可还没到家，就接到了妈妈的电话，姥爷去世了。我用双手捂着脸，压低了声音哭，完全顾不得车厢里旁人的打量。

我妈的眼睛也哭肿了，可她看我回来，还是要先惦记我饿不饿，要不要吃东西。而她牙缝里挤出来的每一个字都是在颤抖着往外蹦。

我们那里有给去世的亲人"烧五七"的风俗，亲人过世后，三十五天内灵魂不会消失，会一直守护着家，一直到三十五日那天，看到子孙为自己披麻戴孝，才舍得离开。

自此，家人也可以回归到正常的生活状态。

我妈脸上的郁色虽然从没断过，可还是手脚不停地忙碌着，每天都像是有大把的事情要做。一直到姥爷过完"五七"后，累积的伤痛似乎都被清理好了，她终于又回到了以前的状态，正常做着家务，偶尔唠唠叨叨，我也就放下心来。

后来有一天，我做梦梦到姥爷，把梦境讲给我妈听，她瞬间大哭，一遍遍问我：你姥爷，怎么从来没有托梦给我呢？

那一瞬，我明白过来，有些悲伤，看似收拾得很快，其实只是被锁起来了，因为每天都有新的事情，活着就得处理人生这一摞又一摞新鲜事，不得不掩饰好情绪。

可没有能跟姥爷好好告别，我知道我妈是遗憾的。否则不会在后来的十几年，每年都要找个机会念叨起姥爷。

她也只是想她的爸爸，可能比我想念姥爷的心思要厚重许多倍。

因为我是一年一年淡忘的。

而妈妈，在这一年一年间，哪怕回忆都翻腾得不新鲜了，也还是舍不得忘掉。

即便，她日日都在正常生活。

三

我童年有个玩伴，妈妈是出车祸离开的。

那时候，我们都还是孩子。并不知晓"生死"这样宏大的概念该如何定义。她当时还在读幼儿园，正玩得开心，被家人接回去，要跟妈妈做最后告别。

可她不敢面对妈妈的遗容，以及车祸后面目全非的躯体。她吓到直哭，被家人拉开。四五岁的年龄，全然不懂生命终结的意义。

旁边的亲人叮嘱她，再看妈妈一眼吧，否则长大后会后悔的。

这话对那么小一点的孩子，怎么都有点残忍，可又无能为力到只能站在大人的角度劝说你一番，毕竟没有经历过以后的人生，谁也不知道长大后会不会为当时还没长到懂事年龄的自己做出的决定而悔恨。

朋友是悔恨的，她甚至于不能原谅自己。

尤其是，年龄越大，妈妈的面容愈加不清晰。她总想着，如果当时多看一眼，会不会就因为临别的那一眼，再也不会把妈妈忘掉。她也埋怨自己，在妈妈去世后，很快就又变成了一个正常的爱玩爱闹的孩子，把对妈妈的记忆抹杀得一点不剩。

虽然大家当时都叹息，这么小的孩子，没了妈妈。

可后来，似乎也没有人再记得她的妈妈离去了。只有她做错了事，遇到难处，会听人讲，没妈的孩子，可怜呢。

再后来爸爸也续弦了。

等到家里全然没有妈妈的位置的时候，她也长到了知道生死是怎么回事的年龄。死亡不是一时的分离，是一世的再也不见。可她却没有跟妈妈说一声再见。

总以为长大了，会把过往淡化。毕竟感情是处出来的，哪怕是至亲之人，没有相处，也总像是没有那么亲密。

可有时候，因为心口有缺憾，怎么都没办法理直气壮地遗忘。

她说：如果有一天，真的可以去天堂，一定要好好看看妈妈的脸。我知道以我当时的年龄没办法做出更好的决定，我也不能穿越回去告诉当年的自己好好跟妈妈告别。以至于只能在成人后结了个不会消退的疤痕。

这样也好，因为这个疤痕，哪怕我不记得你的脸，我也知道妈妈来过，只是不小心走得早而已。

四

兄弟姐妹情，父母子女情。因为有共生的机会，才让情感显得更加温柔。因为知道这种温柔太难得，我们更想伴着一路走，却又不得不迎来这样一种状况，总有一个人要先走。

哪怕是一生一世，也是有长有短，参差不齐的一生一世。

你走了，我还是会好好活。

可我知道，想你的时候，我活得有多不痛快。

她就这么把人生中的好天气、坏天气、不好不坏的天气，都活成了朗朗晴日。

奶奶说

一

奶奶90岁寿宴，我未来得及往家赶。打电话给她，她一直念叨：你不回来了呀，那你什么时候回来呀？我听到小姑姑插话：刚刚不是说过了嘛，到月底就回来啦。

奶奶停顿了下，听筒里只能传来周围嘈杂的声音。过了会儿，她继续念叨：那你到底什么时候回来呀？我不厌其烦地回答她：快了呀快了呀，奶奶你等我回家呀。

后来听到那边喊"要切蛋糕啦"，不知道谁把电话挂断了。

我拿着手机的手垂了下来，坐在床边，低着头看到新买的裙子上绣着一小簇一小簇的小红花，我也不知道是什么花。淘宝上花了不到一百块钱买来的裙子，起初就是喜欢那一圈小绣花，买回来后又觉得怎么看怎么俗气。扔在衣柜里很久，直到早上才扒拉出来穿上，为着奶奶的生日。喜气的日子，穿戴总要鲜艳些。

这是奶奶教给我的。

奶奶一辈子偏爱素雅，从不穿花花绿绿。我们买给她的衣服，倘若不合她心意，她也会收着，只逮着机会，不动声色地说：哪有老太太喜欢穿这么鲜艳的衣服呀？

我就哄她：现在最流行这种款式、颜色的衣服啦，老太太穿着才好看呢。她也不反驳，语气平淡：我就怎么也喜欢不起来。

那声调里的轻描淡写，是旁人怎么都学不来的。

可她，偏就用这样的轻描淡写，撑起了近一个世纪的人生。

二

我从来没有见过像奶奶那么硬气的人，似乎把"不给人惹麻烦"当作了人生信条，不喜旁人把她当作老人家看待，但凡我们表现出丝毫不把她和年轻人等同的"不公平对待"，比如想要搀扶她，她都会厉声道：不用，我还没老呢。

次次都这样，我只好站在旁边，看着她挪动着裹过脚的步子，虽然缓慢，却不觉得颤颤巍巍，身形半分佝偻之态也不见。

有时候我会想，她之所以这么抵触外人的助力，这么急于声明自己没老，是不是因为真的很害怕老去。后来，我才明白，她急于声明的不是自己的年龄，介意的也不是是否老去，而是即便老去，也还是要保持她一贯的姿态和气度。

毕竟，这是她坚守了一生的秉性。

"秉性"这个词似乎总带了几分严肃的意味，听起来就端端正正的。可除此之外，我再找不到更合适的词语来形容奶奶。

她没读过什么书，只幼年跟着上私塾的弟弟学会了写自己的名字。家里的规矩是不能直呼老一辈名讳的，故而我到了十来岁才知晓她的全名。

是个很好听的名字，里面带了一个"香"字，我总觉得这字该是从《离骚》里跑出来的美人香草，虽然老人家的词典里似乎从来没有"美不美"这个概念。

她18岁就嫁给了爷爷，人到中年丈夫病逝，最小的孩子才刚刚学会走路。人一生的转折，有时候不过是三言两语就讲清了，可字句之间却是一幅幅沉重到不知如何婉转的画面。

闭上眼睛，想一想这些画面，就觉得愁苦。

可在她身上，我却从未见过愁苦的痕迹。

她全身上下只写着一句：昨日的都归昨日，今日就得就着今天的意思来过。

于是，我就随着她的意思，在这满世界的风雨里，寻一点能支撑心性的东西。起初，我以为这东西是小孩子的依葫芦画瓢，后来才懂得，有个词语叫"传承"。

我们成长过程中，总会从父母长辈身上传得一些东西，起初可能不觉得，可后来的时光总会验证这点。

恍惚某个瞬间，可能是你神情里的温柔像极了自己的母亲，对某种东西的偏爱和父亲如出一辙。再往细碎了讲，记忆深处对某道菜的贪恋，对某个声音的怀念，也带着亲人的味道。

可我年幼时，因着在姥姥姥爷家长大，对奶奶的印象并不深刻，或者说并不亲近。

我总觉得她太过严苛。她说过的话，我最记得的是两件。一是坐在床上不许晃荡腿。二是吃饭不可以留饭底。我有阵子跟着奶奶睡，早上睡得迷迷糊糊，就要被她叫起床。穿好衣服，我会坐在床沿晃荡双腿，像荡秋千一样。年纪小，并不觉得这有什么不好，只当是个游戏，慢悠悠打发时间。

可奶奶看到了，是要责怪的。她声音不大，只稳稳地说一句：小孩子不可以养成这样的习惯，要坐有坐相。

明明一点严厉的感觉也没有，可我就放到心上去了，乖乖地坐好，听凭她给我梳头发，不敢再吭声。这种状态会持续到吃饭的时候，碗里不许留饭底。可小时候我不爱吃饭，挑食挑得厉害，只好数着碗里的米粒，一颗一颗的，想着怎么让它们不动声色地跑到肚子里去。那时候，看动画片痴迷，也会想象我拥有了某种魔法，一下子就把饭碗里的饭变没了。

想想也是幼稚到可笑，倘若真拥有了魔法，怎么就舍得用在这么小的事情上。怎么着也要求求那会魔法的大神，保佑奶奶永远不老。

哪怕不会很年轻，只要一直做个精气神十足的老太太，得体着，温暖着，就很好。

三

以前倒不觉得"得体"这件事做起来多难，以为只要接受了良好教育，纵然不能做到温良恭俭让，也能保持本性无公害。可在这多年间，见识了人性的不可捉摸后，恍然大悟一辈子得体合该是被称颂的信仰。

奶奶的得体不仅仅是穿戴上的干净朴素，更多的是植入生活里的细节。

她对人友善，总不吝以最大的诚意示人。

奶奶腌的槐花最好吃，想起五月，我能忆起的就是又香又白的槐花被揉碎了腌制好，可供下饭。奶奶做的粽子糖糕是我吃过最甜的。奶奶缝补的衣服针脚细密漂亮。可她腌的菜、做的粽子糖糕总是分成好多份,送给邻居们。她的上衣口袋里永远揣着针线,看到哪家孩子贪玩,衣服剐破了,顺手就给补了。

这样的善意多了,总会被放在心上,到现在街坊四邻见着她也总是恭恭敬敬地打招呼。我从她身上学到这一点点好,也尽量地保留着这一点点好。

可她的好,我又不能全部都学得到。

单单是"从容"这点,似乎就够我学一辈子。

她从不过多插手晚辈的事情,说的最多的话是"儿孙自有儿孙福"。从前我还在读书的时候,她总督促我要学会做饭,还要懂得做家务,要不然以后嫁人了会被嫌弃的。可如今我因为没结婚,总被爸妈念叨的时候,她又会说,还是得嫁得称心才行。

她从不和我们沟通所谓的精神世界,我们这群孙子孙女长大成人后,她对我们的关爱就是时不时地给我们煲个汤或是做顿我们爱吃的。大家热热闹闹地围在一起,她就听我们讲,说到有意思的事情,跟着我们一起笑。

她还在家门口开垦出一小块地,种上了青椒、番茄、四季豆等蔬菜。每天都要去地里打探一番,松土施肥。但往往是自己吃得少,送人送得多。我有时候看她站在那里就会生出一种感慨:人情味是什么呢?那就是在老旧时光的打磨下,保留的一味药性温良的药,谁都需要。谁守得住,谁就能在世事砥砺里活得更有味道。

很多年过去了,奶奶就保留着这股味道。

她开垦的小块菜地，蔬菜葱茏了一季又一季。她有些做菜的手艺，家里其他人怎么都学不会。她每天早早起床，夏天的时候五六点，冬天的时候也不会超过八点。

她在院落里晒太阳，她沿着小路遛弯儿，她也去找老邻居聊天，她种花、养菜。她的每一天都是动的，有时候天气不好，我也会怪她怎么不歇着。

她就摆摆手：人不能不做事，会生病的。

原来，有动静才是活着，活得有生机才算好好活。

她就这么把人生中的好天气、坏天气、不好不坏的天气，都活成了朗朗晴日。

四

我和奶奶的年龄差是半个多世纪。

可有很多很多个时候，我觉得我们之间从未有代沟。

我想，大概是因为有秉性、有人情味、有处事原则的人，早已在活得通透的路上，有了自己的一整套节奏。

而我想要继续跟着她的节奏，听她说，一直说。

也许灵魂也会选择呢，越是心疼的人，越不舍得打扰。

我回头，她就在身后

一

我从未意识到她已经是七十多岁的老人了。

每次去看她，她都还是周身明朗的样子，指着院子里种的菜，对我说：你来之前，我都已经摘好装袋了，你走的时候且莫忘记带了。你看，这一畦是你爱吃的小青菜，那一畦是菠菜，现在天气冷，长势不好。你要是夏天来，还有你爱吃的青椒和西红柿。

我站在一旁，顺着她的方向，心下估量着，我有几个夏天没来看过她了？好像工作后，每年看望她的次数就越来越少了。

我正想着，她突然笑了：你还记不记得你以前最讨厌吃青菜的？有一年夏天为了哄你吃菜粥，你姥爷都要把青菜剁成碎渣了，结果你吃了一口，就"哇"的一声哭出来，可把你姥爷吓到了。没想到，你现在竟然喜欢吃青菜了。要是你姥爷还在……

她没有再说下去，背过身去，擦了擦眼睛。

姥爷去世已经整整十年了。这十年间，我每次来看她，她都要念叨这一句，要是你姥爷还在。起初我小心翼翼地陪着她，害怕自己跟着掉眼泪，惹她更难过，后来每一次我都是看着她一边擦拭姥爷的遗像一边跟我说这句话。

她总是站在那间仿佛还是我小时候住过的屋子里，远处是灶台，近处是抽屉，里面有她给我备下的零食，柜子顶上铁定放着糖盒子，一次只准吃一粒，多了会蛀牙，小孩子要听话……

如今，她就这么站在那里，轻轻地说了一句话，我却觉得这二十多年的光阴都在里面了，寻不回，追不到，不声不响就去了。

二

我不到两岁就被爸妈扔给了她和姥爷。据妈妈说，当时因为家里有了我弟弟，忙不过来，她有时候会顾不上我。当时还在读书的小姨去看我，目睹了我坐在床上哇哇大哭，妈妈还在给弟弟喂奶的一幕，直接抱着我就走了。

从那之后，我就成了跟着姥姥姥爷生活的孩子。

倒也完全不寂寞。舅舅，舅妈，小姨，一大家子都宠着我这个唯一的小孩子。直到现在舅舅和小姨提起旧事，还会说到当年：

当年我为你做的那什么，还记得吗？我只能不好意思地挠挠头，小姨就开玩笑：真是个白眼狼呀。

我就打趣：谁说我什么都不记得，我可记得你有一次骑自行车把我摔下来，摔断了胳膊，打了很久的石膏呢。

小姨说：你呀，我对你的好倒是一点不记，偏生记得这些坏事情。

之所以记这么清楚，一是因为小孩子对疼痛的记忆格外深刻；二是因为这件事发生后，她和姥爷因为心疼我而着急的样子。虽然当时的我尚且懵懂，也还是能清晰回望。

从那之后，小姨再要带我出去玩耍，就必须报备，还要限制时间，什么时候必须回家，绝对不能让我受伤……

我后来看到形容把一个人捧在手心里，如珠如宝地对待，就总是忆起当年，我也曾被那样毫无保留地珍视过。

姥姥在走廊里给我放了一把小板凳，我经常坐在那里。夏天的时候，有穿堂风过，我抱着西瓜边啃边看她在厨房忙碌。春秋天，有温暖日头的时候，我就坐在那里看书，都是小姨带给我的图画册。有邻居来串门，她也会骄傲地说：看我们家外孙女，小小年纪就可喜欢看书啦。语气里的自豪毫不掩饰。冬天的时候我要和她躺在一个被窝里睡觉，她总是把我的脚放在怀里焐热，然后再哄我睡。有一次，因为隔壁奶奶给我讲了狼吃小孩的故事，我晚上吓得睡不着，半夜里哭着惊醒。她一点点摸着我的头发，说：不怕不怕，故事都是骗人的，姥姥在呢，谁也不能把我们家孩子抓走。

次日，她便特意上门叮嘱隔壁的邻居们，不许再给我讲那些吓唬小孩的故事。她说：我们家孩子善良着呢，不能吓。

三

可我还是走了。

到了上小学的年龄，被爸妈接回了家，虽然我一度以为有她和姥爷的地方才是我真正的家。

她站在家门口，冲我挥手，说：你要多回来呀。虽然我要回的家距离她和姥爷的家，走路都不过四十分钟。

可她好像，就是很害怕。害怕我走了，就再也不回来看他们了。

她就那样站着，我走了很远很远之后，她还是站在那里。那时候她还很年轻，穿着鲜亮的衣服，似乎就是为了让我能一眼就看到她。

那时候，我也还是个好孩子，黏着她，舍不下。每周回去看她，爸妈没时间送我，我就自己去。周五下午放学后，背上书包径直就出发。

朝着有她，有姥爷的方向。

每次走到村口，就能看到她站在家门口张望。

整整六年，每个周五，像是我们之间的约定。她等着我来，为我准备好我喜欢的饭菜，再督促我写作业，然后各忙各的，我去找小伙伴玩耍，她去拾掇家务。

我却觉得，这就是回家的感觉。

姥爷无意间说了句：长大了也要记得多回来看我们呀。她就呵斥：我们家孩子这么乖，肯定会的。我也猛点头，嘴巴里还嚼着她给我做的糖火烧。

可如今，十年、二十年过去了，我这个乖孩子却早忘了当年的承诺。

四

她和姥爷感情很好。姥爷是好脾气的人，她也是。两人一辈子没怎么置过气，脸红争吵更是少见。

我常常想，温和之人遇见同类，一定会生出一种更加温和的磁场，才使得两人在这范围内营造出更加温润的气氛。但倘若一方抽离，气氛失衡，灌进来的一定是冷空气，要把余下的那个人浸到遍体生寒。

姥爷是出意外去世的，没来得及跟她告别。没有告别的告别最为折磨人。她有次问我，为什么你姥爷从来没给我托过梦呢？你都梦到他了。

我不知道怎么回答。也许灵魂也会选择呢，越是心疼的人，越不舍得打扰，怕她放不下，就不愿继续好好生活。

她整日整日地哭，吃不下东西，胃病也更加严重。我把温水放在她面前，像哄小孩子一样，拍拍她的肩膀，让她吃药。

那一年，我高三。

好像所有的时间都停滞在了那一年，她一直就是姥爷去世时的样子，身心委顿着。

我以为她的年龄也会停留在那时候，以至于我从来不愿意相信她会从六十多岁变成七十多岁。可当看着她颤巍巍站在厨房非要给我炖鸡的时候，我一下子就要哭出来。

"您在旁边陪我说话就好，我来。"我把她拉过来，让她坐在椅子上，就像小时候的我一样。

她还在念叨：这只鸡是你小姨特意送来的，家养的，要比外面卖的好吃得多。你来之前我都处理过了，你看这里还有好多菜，都是弄好的。我抬眼望去，果然柜子里盘盘碗碗，都是她做好的我爱吃的菜。

她又在等着我来。

她一个人住在以前和姥爷一起住过的屋子里，舅舅舅妈说了好多次让她搬过去一起住，她就是不肯。

她说她能照顾得了自己，她说一个人住清静。

可我总疑心，她只是舍不下姥爷留下的气息。哪怕十年了，也还是存在着。就像二十年了，她也还是一如既往地等着我，等我来看她，给我做好吃的。

她还总是给我压岁钱，哪怕我已经工作好几年。她把十块二十块的纸币塞进我的口袋里，我不要，她不依。她说：不要嫌少，我知道你会挣钱啦，可你还没嫁人啊，在我心里就还是个小孩子。

可我给她钱的时候，她又总是推着不要，反反复复地说：你在外面一个人，花钱的地方可多着呢，别不舍得吃，得照顾好自己。

说完这些话，她重重地咳嗽着。这是她的老毛病，每到冬天都要咳一阵子。我帮她拍肩，顺势把钱塞进了她的口袋。

就像她每次对我做的一样，虽然我知道她想要的并不是这个。

我拎着她给我装好的大包小包的菜走，走出去老远，她还站在原地，衣服已经不如曾经鲜艳，围着灰色的围巾。

我坐在车里，看着她距离我的视线越来越远，终于痛痛快快哭出声来。

我还是个小孩子的时候，宁愿徒步走路四十分钟也要每周去看她。

可我成了大人呢，明明可以以车代步，怎么看她的次数却越来越少了呢？

我哭着哭着，再也发不出声来。

哪怕她给我找了很多很多的理由，我工作忙，我有自己的事情……

我却知道，是如今的这个我，不好。

我妈啊，她也曾是个小姑娘。

我看过她哭

一

在这个城市待了四年，每一年都要目睹它在夏季结尾后猛一下过渡到冬天。一觉醒来，气温就低到没办法收场了。天一冷，总忍不住拾掇一些温暖的回忆来驱寒。

我把柜子里的棉衣拿出来，打算晾晒一下。就这么翻出来一方白色手帕，放久了，颜色都黄了，上面有未绣完的图案。

打量半天，才认出来那是我的名字。绣得歪歪扭扭的，毫无形态可言。

绣花是我妈妈教的。小时候，我的书包都是妈妈做的，选一块我喜欢的颜色的布料，用缝纫机裁好，再绣上好看的图案。

缝纫机发出的声音，规律又没有弹性，咔咔咔，毫无趣味，我总是听着听着就睡着了。等妈妈把书包做好了，我背着去学校，就会有老师问：这书包绣得真好，是你妈妈做的吧？

我骄傲地应下。

只不过，这骄傲没维持多久，就没有同学愿意背布书包了，大家都嫌弃老土，纷纷换上了好看的双肩背包。

我就嚷着不要妈妈绣的书包了，我妈经不住我软磨硬泡，只好同意。她把我的绣花书包洗了，慢慢地叠好收起来。

在我的记忆里，我妈总是温柔的。

她从不大声呵斥我，从不放肆地笑。时常留给我一个身影，忙忙碌碌的。

春天的时候，我说要吃香椿炒蛋。她就去摘了香椿叶子，晾干，揉碎，腌制好做给我吃。

夏天的时候，我喜欢吃手擀面。天气那么热，她在厨房里和面，擀出薄薄的面饼。最后做好的面条里一定不会有我讨厌的姜和蒜。

秋天的时候，我第一次来例假，从学校往家跑，见到她就哭。她帮我把衣服整理好，教我成为一个大女孩的注意事项，最后嘱咐我去睡觉。等我睡得差不多了，她坐在我的床边，握握我的手，把我唤醒。等我醒来，她已经做好了葱油饼，葱花切得细碎。

冬天的时候，我坐在火炉边，吃她烤的红薯。炉子的火苗往上窜，我用手去抓。我妈一把拍掉我的手，说不可以淘气。

我也不懂为什么这些记忆这么清晰，大概是因为她都还没把这些技能教给我，就生病了吧。

二

我妈病了，脑肿瘤。在那之前，我只在韩剧里听过这个词语，以为都是编剧杜撰的。哪有那么多莫名其妙的病呢，听名字也不洋气，为什么女主角最后总要得这样的病呢？

可这么不洋气的病，怎么偏偏就落在我妈妈身上了呢？

医生说，要马上做手术，并且不能保证一定可以下得了手术台。

我一个人坐在大马路牙子上哭，除了哭，我什么都不会。我想到了最崩坏的状况：我会没有妈妈。可我怎么能没有妈妈呢，我的人生才刚刚开端，凭什么她就想逃开呢？不是说父母都要完整参与子女的人生才算圆满吗？为什么到我这里，就要打结呢？

我就这么哭到她进手术室，她什么话都没有来得及跟我说，就已经意识不清。我紧紧地盯着"手术室"这三个字，甚至背会了下面小写的英文字母 "operating theatre"。那大概是我这一生背得最艰难的英文单词了，两个单词，背了八个小时。

背到医生出来，对我们说手术很成功。

我语无伦次地说着谢谢，激动到想给医生跪下。不到生死关头，你真的体会不到情绪崩溃是种什么滋味。

术后二十四小时，她因为疼痛发出撕心裂肺的喊叫，我和我爸两个人都挡不住她想把氧气罩拿下来的手。

我尝试去抱着她，一声又一声地叫她妈妈。

我整夜整夜地握着她的手，就像她从前握着我的手那样。

次日，她清醒一点，我喂她喝药。她的眼泪，顺着眼角往下滑。

我一直爱哭，却从不知道看着至亲之人落泪，是那样一番景象。是白茫茫一片雪地，无半点红色来渲染，那么冷，那么凉。

因为手术，她的头发剃光了，穿着松垮垮的病号服。有一天，她问我，妈妈这样是不是很难看？我正在给她削苹果，做她女儿十多年，都不知道她喜欢的水果是什么。我自责地把每一样水果都削好，放在果盘里，在她短暂醒来的时候，喂她吃。

直到她醒来的时间越来越长。

她出院的时候胖了些。我忙着收拾东西，她冷不丁地唤了声我的名字，继而扭过头去，什么都没说。我们都不善于用言语表达亲昵。

我鼻子发酸，又不敢哭。这样的好时候，心内只有感恩，还好肿瘤是良性的，还好我的妈妈，还能这么唤我，还能继续做我的妈妈。

三

在那之前，我一直以为妈妈理所当然就该是妈妈，只要我要，她都能给我。哪怕是身为女儿，我也没有想过，妈妈在成为我妈妈之前，是什么样的。

后来，我翻腾家里的梳妆柜，在最底层的格子里翻出妈妈的笔记本。里面有她年轻时的笔记，零零散散的，有老师教授的缝纫知识，还有浅浅淡淡的涂鸦，画的是百合花。

笔记本上的字迹娟秀，扑面而来的少女气，让我瞬间知道，原来妈妈也不是一开始就是妈妈的。

因为有了我们，她不得已把自己放到了妈妈的位置上。虽然大多时候都柔软得像没有存在感，不像爸爸那样对着我们发火，也不急于表达自己的观点，只默默地做许多事情，即便开心都是没重量的，轻轻一笑。

如果仅仅是这样一个状态，也好。但妈妈这个词多重啊，重到人生里不可能只有笑容。

她从小女儿的角色里跳出来，转换成别人的妈妈，大概都还没有完全适应，就已经开始遭受疾病的侵袭，经历人生大劫。

我心疼她，可又没办法改变人生，没办法不让她哭。

她病好后没多久，她的爸爸、我的姥爷就去世了。

我又一次看见她哭，不是无声无息的，也不是号啕放纵的。是绵长的难过，阴暗得像雨天的房间。

她的眼睛经常是红肿的，时不时发呆。原本生病过后调养胖了一点的身体，又迅速瘦了下去。

我那时常想：怎样能让我妈妈快活一些呢？

我拿了一块手帕，让她教我绣花。她的身体没有好利索，有一句没一句地告诉我要怎么走线。我没耐心，绣得难看，也没绣完。

不知道什么时候带在身边的，就这么一直带着。

哪怕妈妈只教了半截，也是她教的。我执拗地想把她给的一切都留在身体里，留在记忆里。我在这个寒冷的早上，看着这方手帕，突然意识到自己骨子里温柔的那部分，是遗传了我妈的。对人亲和，愿意倾听，哪怕会遇到些不快活，也自己揣着。

只这一部分，就够了。足以让她在我生命里永远自由地呼吸。

四

前阵子，听家人说，我妈提起我，语气里总是开心的。

开心吗？是嘴角上扬的那种笑吗？如果我还可以让我妈觉得高兴，那我可真是高兴啊。

想起每次回家，我妈都要问我想要吃什么，哪怕身体不适，也要硬撑着去给我做。我想阻拦，可看她高兴，就觉出一些心酸。只好在她身边待着，帮她搭把手，听她说张家长李家短，虽然我也不爱听这些，虽然她从前也不爱说这些。

不过就是想跟我聊聊天，什么话题都好。

她的头发已经白了，上次染色还是我陪着她去的，没多久，鬓角的白发就又长出来了。她说话的时候不再像从前一样轻轻柔柔的，而是不停絮絮叨叨。她也不具备原来那种招牌式的温婉笑容了，也笑，却不常笑，笑的时候大多是因为我们让她开心。除此之外，像是没有别的了。

我看着她的身影。突然想起小时候，有次跟她一起去姥爷家，走到路口，有人夸她衣服好看。她一下子就笑了。

那天她穿了件淡粉色的衬衫和黑色裤子，剪了很利落的短发。在阳光下，牵着我的手，一步一步朝前走。没有说话，可神情是带笑的。

还想起她躺在病床上，犹豫着问我她的样子是否很难看。

我妈啊，她也曾是个小姑娘，爱美的小姑娘。

小姑娘，但愿你以后不要再哭了。

想到这里，终于在这个冷冷的早晨，觉出了暖意。

有人用心活，有人用力活，他似乎是用力的那一个。

可我总觉得，不抱怨的人生，才需要更用心吧。

不抱怨，好好活

一

堂哥比我大四岁，我读小学一年级的时候，他读三年级，因为成绩不好，总在留级。等到我读五年级的时候，就跟他同班了。

他对课本以外的任何事物都抱有浓厚的兴趣，玩玻璃弹球从来不会失手，整个班里男同学的玻璃弹球都被他赢了回来。他还会自制弹弓，课间的时候拿着弹弓满操场乱窜，看到有欺负低年级学生的，就上前吆喝两嗓子，拿着弹弓做做样子，那姿态宛若校霸。

那时候，小孩子之间流行的游戏，总是一波又一波更新，掀起一波新潮的时候，大家一起玩，要不了多久，热乎劲过去，就觉没意思了，参与度就低了。堂哥这样闲不住的，被老师称之为"捣蛋鬼"的学生，自然是不肯歇着的。

他虽然不大愿意在学业上动脑筋，但对待爱好，却是很积极的。他干脆自己发明游戏。有阵子，风靡全校的一个游戏——吹蛤蟆，就是他发明的。

所谓"吹蛤蟆"，就是用作业本纸折成青蛙，你执一只，我执一只，趴在课桌上对着吹，谁的青蛙把对方的打败了，谁就赢了。

我觉得那游戏幼稚极了，像是在电视剧里看到的梳着长辫子的清朝遗少斗蛐蛐一样。只不过，这些男孩们没留辫子罢了。

堂哥不觉得幼稚，凡是能拿来抵抗读书的事情，他都感到有趣，吹蛤蟆自然也是趣事一桩，更何况这是他发明的。

他把赢来的纸青蛙都放在桌洞里，他的桌洞塞满了，就塞在我的桌子里。不巧的是，有次我爸来学校给我送东西，看到我那堆满了纸青蛙的课桌，大发雷霆。

我惴惴不安，想着要不要告诉爸爸真相。可又觉得这样做不够义气，虽然我整天嫌弃堂哥只知玩耍，每日都要抄我的作业，但也因为他，在学校里从来没人敢欺负我。

有一次，一个个子比我高很多的女生寻衅滋事，起因是我考试的时候没给她抄试卷。我正不知所措的时候，堂哥风一样窜过来挡在我身前，对着那女生呵斥：就你，还敢欺负我妹？

这件事情，就这么算了，毕竟堂哥那么大块头，往那里一站，总会令人胆怯的。他解决了这个事情后，用不屑的眼神瞅了瞅我：你赶紧回家吧，长成小不点儿的样子，整天被人欺负。

在学校里，他虽然保护我，但也时时表现出一副对我极其不耐烦的样子，经常讽刺我只知道死读书，脑壳都坏掉了。

当时我年龄小，还不懂少年心里那股愤懑的傲气。既然他不耐烦，我就也要表现得不屑一点，在同学们面前，从来不管他叫哥。

他也乐得我不管他闲事，这样就不会跑回家告状。

可我不知道该如何应付这种突发状况。就在我纠结万分的时候，堂哥从外面回来，一看那场面，立马就明白了，恭恭敬敬地跑我爸爸面前承认错误，表明纸青蛙都是他的。

回到家他免不了被大伯打了一顿。我在隔壁院都能听到他疼得哇哇乱叫，可第二天到了学校，他就又拍着胸脯去伸张正义了。

二

我幼时做过的所有不属于大人眼中的好孩子范畴的事情都是他教的，爬树，吹口哨。虽然他一个人就可以摘下一箩筐的杏子，可他一定要指导我自己爬树上摘，他宁愿蹲在树下给我当墩子，让我踩着他的肩膀上去。他说：你胆子太小了，得练练。可我晃晃悠悠地爬上去了，伸出胳膊，还是一颗杏子都够不到。他就递给我一根棍子，让我直接敲，他在树下一边吹口哨一边得意地嗤笑：好学生有什么用，一颗杏都摘不到。虽然我在树上怕得要死，可为了证明给他看，还是拿着棍子一下下地轮着。

我会吹口哨也是跟他学的，他因为会吹完整的曲子，在班里处处彰显着自己的牛气。我暗暗不服，日日里上下学的路上，都在嘟着嘴巴勤学苦练，终于有一天吹响了一个音符。

我高兴坏了，可还来不及显摆，就被我妈发现了。因为我晚上躺在被窝里还在练习。我妈教育我，哪有女孩子吹口哨的。我爸妈管教我极严，男女孩之间的界限特别分明，我虽觉忿忿不平，也不愿被大人耳提面命，自那以后就丢下了。更何况我做这类事情本来就是为了较劲，并非真心热爱。

堂哥却不同，他从来不会为考试成绩不好而眉头紧锁，哪怕是被大伯罚跪。但如果把他关在家里一天不让出门，就像是要了他的命一样。

就这样，带着对念书的天然抵触情绪，他到底还是辍学了。

堂哥开始在家里跟着大伯做农活，就那样过了几年，他个头猛蹿，看着已不像是才十来岁的孩子。等我读到高中的时候，他就跟着旁人去煤矿干活了。

我不再热衷于跟他较劲。假期回家偶尔能碰上面，他看到我拿的英语书，有点懵懂地问了句：这字密密麻麻的，看得眼睛不疼吗？我注意到他的眼眶黑黑的，像是女孩子的睫毛膏没有涂匀，可那黑波及整个眼眶，分明不是睫毛膏。

我问他，他挠头嘿嘿一笑：是煤灰，刚刚没照镜子，弄进眼睛里没洗干净。我突然不知道该说什么，想像小时候那样调侃他两句，又觉得不合时宜。

只好问了句：这工作累吗？

他的劲头立马就来了：不累不累，还挺好玩的，有时候还可以坐着拉煤车，"嗖"就下去了。他用手给我比划着他们的工作流程，我不大听得懂，只能做出很感兴趣的样子。

我看过些矿难的新闻，总觉这样的营生过于危险。我想说，你去学一门技术也好呀，却只是默默地放下课本，拿了条毛巾递给他。

那是他的人生了，不像小时候吹蛤蟆那般轻松就可以获胜，也不是旁人念叨一句就可以尝试去更改。对一个人的人生而言，其他人都是旁人。

更何况，我也没有成熟到可以解释人生好坏的年龄。

但我总想，他要早点儿比我成熟，总不能一辈子做个吹蛤蟆的少年。

三

我读大学的时候，他去了省城做小工，每天起早贪黑，干的都是卖力气的活儿。

我们俩只有逢年过节的时候能凑在一起聊两句。我总是在问他，工作累吗？他从来都是回答不累不累，可有意思了，然后给我解释怎么有意思，说他有次去给一个老教授家里修水管，老人家特别喜欢他，觉得他说话逗，人也踏实，还要认他做干儿子。还说工友们因为他牙齿稀疏，给他起了个外号叫"牙可稀"。

他似乎和小时候一样，从来不觉得这世界上有什么不好，任何生活对他而言，都不是压力，只是活着的一种方式。

或者，他也不知道另外的生活是什么样的。坐公交的时候，他经常会不认识站牌上的字，就买了辆电动车，没多久就把省城里各种路线都摸清楚了。即便如此，他还是像城市里的边缘人，不会乘坐地铁，认不清大厦上的各种标识，住在民工聚集的城中村，大家三五成群地说着方言。

他最大的变化，就是做了水电工，靠着摸索掌握了一套过硬的技术，自己出来单干，不再给别人当小工了。后来又结了婚，转眼间就有了俩孩子。

日子扑啦啦的，不像是按着天在过，而是一个喷嚏就把一年打过去了，十几年时光不过就是一场重感冒。调皮捣蛋的少年转眼就长成了有啤酒肚的中年男人。

他也会跟我提起小时候的事，每一桩，他都记得清清楚楚，甚至于当时和我关系好的女生有哪几个，名字都是什么，家住在哪里，这些我尽数遗忘的事情，他都如数珍宝。

我惊讶于他的好记性。

他略带几分得意地说，那是因为你上学时间长，同学多，自然记不住。我就那么几个同学，个个都在脑子里存着呢。

语气里藏不住的欣喜，像是这么多年的时光从来没有从他身上流过。

四

他告诉我自己在省城里买了房子的时候，像小时候挤兑我就爱死读书一样，用了调侃的语气说：大学生，你都还没房子呢？怎么样，我这小学毕业的，不比你差吧？

这一次，我没有反驳，也没有在心里忿忿不平，只是由衷地为他高兴。

他终于还是成为了一个成熟的中年人。我们经历着不一样的人生，却没有因为不一样而产生任何隔阂。他从不描述吃过的苦，我从未听他说过一句抱怨的话。可我看得到他的生活，是十几岁的少年，眼眶里残留的煤灰，是三十多岁的男人，手掌心里一层又一层的老茧。也是如今，看着院子里做作业的孩子，不停地念叨着，要好好学习啊，以后读大学，像姑姑那样，听到没有？

或许，他也设想过不一样的人生吧，那个用力展示自我的少年。

有人用心活，有人用力活。他似乎是用力的那一个。

可我总觉得，不抱怨的人生，才需要更用心吧。

毕竟我也会怀念小时候。没长大的小时候，不懂事的小时候，被宠爱的小时候，回不去的小时候，永远有糖吃的小时候。

小时候

一

　　我小时候挑食到了令人发指的地步，一不小心就瘦成了一颗小豆芽。最不爱吃的蔬菜是菠菜，我爸总是试图劝说我：你看，大力水手都爱吃菠菜，所以他才有那么大力气。可惜，这招数并不能奏效，我一想到大力水手的样子，倘若我吃了菠菜也变成他那样，多难看，于是就更讨厌吃菠菜。

　　我爸无奈，只好换了套路。我每天做完作业后，会准时守着电视机看《大风车》，最喜欢董浩叔叔，还给他写过信。有一天，我爸煞有介事地拿出一封信，说是董浩叔叔给我的回信，信封上写着大大的"北京"二字。

　　我认不全信上的字，就委托我爸来念。

　　董浩叔叔在信里夸奖我是聪明的小朋友，希望我能好好学习，

开出第一朵白莲花的时候，我爸特意拍了照片给我，问我要不要回家看花。我应下：回啊，下周就回。

因为相信福气临门，所以站着沾了沾老房子的喜气。

南瓜想开花，便开了一朵花。

我爸说：要不我养只鸽子给你送菜吧。每次能叼过去一个小青椒呢。我妈不动声色，
转身去厨房做我爱吃的爆炒小尖椒。

在外面工作久了，才明白吃饭这件事不可以将就。于是，开始认认真真学习做菜。

哪怕是开在角落里，也要开出粉粉白白的气势。

还特意嘱咐我要多吃蔬菜，补充维生素，才能更聪明。

那顿饭，我没有拒绝我爸夹过来的青菜。

过了几年，我在我爸的书桌里找到了那封没有邮票的信。那时候，我已经学习过了书信的格式，知道自己被骗了，就跑去质问我爸，他哈哈大笑，不予回应。

反正我已经不讨厌吃青菜了，补充了许多维生素。

二

我妈和我爸不同。我不喜欢吃的东西，她就不做，默默地去做我喜欢吃的。印象最深的是年夜饭要吃饺子，羊肉馅是爸爸爱吃的，芹菜馅是我爱吃的，韭菜鸡蛋馅是弟弟爱吃的。

为此，我妈要准备三种口味的饺子馅。我问过妈妈喜欢吃什么馅的，她笑说：我不挑，都可以。

因为家里的菜口味总是偏清淡，我一度以为我妈和我爸一样，属于清汤寡水派。我爱吃辣，似乎是个例外。结果有一次，我妈突然跟我感慨：你像我年轻的时候，特别能吃辣。

我愣住了。

只是因为我爸胃不好，要忌口，久而久之，嗜辣的她也养成了清淡的习惯。

我看着她在厨房忙活，把尖尖的朝天椒切成细细的丝，下锅爆炒。我想上前帮忙，却被她抬手赶出来，说是太辣了，小孩子不能呛着。

她这些年来身体越来越不好，瘦，怎么也胖不起来，小小的身形站在厨房里，才真的像是个孩子。

我都不知道我妈喜欢吃什么，她的口味一直随着我们，我就真的以为她不挑食。

三

我弟打小就爱和我吵架，为着一些拎不清的小事情，总能吵出水火不容的阵势。他还时常对我泼冷水，我喜欢的，他都讨厌。

我在我弟眼中虽然算不上十恶不赦的女魔头，但也和丑八怪差不多。

我弟幼年就立下誓词，以后找媳妇儿绝对不找姐姐这样的。长辈们都笑，只有我张牙舞爪扑上去揍他。

他比我小，却比我高比我壮，我自然打不过，瘪瘪嘴委屈地哭了。我弟见状，慌忙上前哄我，把他手里的糖硬塞给我。

我剥开放进嘴里，立马不哭了。

他有点瞧不起似的，冲我做了个鬼脸。

后来的许多年，我们俩依旧战火不断，又总能在爸妈回家之前握手言和，他一把揽过我的肩膀，扮演姐弟情深，我也能配合地挤出笑容。

爸妈始终不疑。

我俩就继续扮演合格的演员。偶尔需要和大人对抗的时候，再自觉站成同一战线。

忘了从哪天开始不再吵架的，也不知道我和他，是谁先学会懂事的。

我开始给他挑选衣服。他也会时不时地给我发个红包，不再像小时候那样给我起外号，而是认认真真地叫一声"姐"。

有拿不准的事情，我也会打电话问他要个主意。间或他也会挑剔地对我说：你少吃点，再胖就嫁不出去了。

我看着他帮我爸搬花，东挪挪西移移，一定要选出最合适的位置。

想起小时候的童言无忌——嗯，祝福他未来好运，找到的老婆不要像我这么拧巴，一定不要和他吵架。

四

我家院子里有棵葡萄树，好多年都不结果。

我每天都要站在下面瞅一瞅，摸一摸。直到有一年，踮脚又伸手，我能够到葡萄架了，它也结出了青得滴溜溜转的小葡萄。

我又开始等它成熟。

有天实在忍不住，一把揪下来一颗放嘴里，酸到掉牙，又"呸呸呸"往外吐。

奶奶拿了颗蜜饯给我，埋怨我淘气，葡萄不熟哪能吃呢。

我已顾不得葡萄，跑到奶奶的屋子里，打开她床头的红木抽屉。老式的家具，笨笨重重地待在房间一角，我也会嫌弃它难看。

可我不嫌弃那个红木抽屉。

里面永远藏着好吃的：水果糖，蛋糕，橘子……以前是奶奶拿给我吃，长大一点我就学会了自己扒拉，够不着的时候，还要踩着小板凳。

那是我童年的百宝箱。

长大后，那个笨笨的柜子还在家里立着，我却不再嫌弃它丑，还往红木抽屉里塞过许多吃的，花样比我小时候吃的多许多。

可奶奶依旧不怎么吃，念叨着"老了，牙口不好，吃不惯"这些话，转身就把零食拿给了外面疯跑着打闹的小侄子小侄女。

红木抽屉，也会成为他们的百宝箱吧。

五

我到现在也不怎么会灵活地使用筷子，所有圆形的食物，总是咕噜一下就从筷子缝溜掉。饭桌上，我爸总忍不住要再教教我。

我看着他轻松夹起一个又一个丸子，可训练了几遍，我还是不灵光。

"你小时候，我明明教过你那么多遍，怎么就是不会呢？"他一边念叨一边又把重点转移到我握筷子的手上。

我们那儿有种说法，筷子握得越高，以后会嫁得越远。

我的手握在最顶端。

我爸叹了口气，继续吃饭。

小时候，我们家的饭桌就相当于一个课堂。我的学习情况都是在饭桌上向我爸汇报的。我学会的好多词语和典故都是我爸临时起意教给我的。

他同我解释"流水不腐，户枢不蠹"，也跟我讲"凿壁偷光"的故事。

我根本不知道这些字词怎么写的时候，就已经明白了它们的意思。

只是现在，我爸再不热衷于给我讲这些道理了。

他说：你大了，自己都懂了。

这样看来，我没学会用筷子，倒也不是件坏事。

毕竟我也会怀念小时候。

没长大的小时候，不懂事的小时候，被宠爱的小时候，回不去的小时候，永远有糖吃的小时候。

在父母的世界里，我们只不过是从小孩子长到了大孩子，
小孩子的时候需要他们呵护，大孩子的时候需要他们守护。

多的是你不知道的事

一

皎皎结婚的时候，我是伴娘，在婚礼现场以哭倒雷峰塔的气
势名震朋友圈。婚礼过后，我们翻看那天的录像。新娘和伴娘都
是一副哭到停不下来的状态，新郎在一旁安慰新娘。新娘爸爸挺
直了脊背站在那里，脸上的表情带着庄严的使命感，只是眼圈一
直红红的，强忍着泪意，好像故意端着父亲的架子。

我哭倒不是因为最好的朋友结婚了，而是皎皎爸爸上台致辞
的时候，仅仅对新郎说了一句话：你得让我闺女幸福一辈子。说
完这句，他就哽咽了。上台的时候拿着的长长讲稿完全派不上用场，
皎皎说她爸爸为了准备婚礼的致辞，已经反复琢磨修改了好多天。

她以为会在这天伴随着背景乐《Daddy's Girl》，听到来自父
亲的情真意切的宣言。可没想到只这一句，她就绷不住了，连带
着本来试图给她递纸巾的我也难受了。

司仪想尽一切办法控场，音乐声盖过抽泣声，都还是调动不起气氛。

皎皎看着爸爸，不停地流泪。她太明白爸爸的那句话有多不舍。

哪怕在这之前，她困在爱情和亲情的拉锯战里，也曾反感过爸爸对她的约束。

皎皎姓何，出生在一个月白如水的夜里。于是，皎皎爸爸就取了"明月何皎皎"之意，希望她一生皎洁明亮。

皎皎大学毕业之前的人生，一直是和名字契合的。她性子敞亮明快，笑起来眉角弯弯，言语间能翻腾起溪流潺潺，这样的女孩子不缺朋友不缺爱。

皎皎爸爸也乐意看着闺女像个活力闪闪的太阳，一路横冲直撞往前走，逮谁就带给谁欢乐。他最经常对皎皎说的一句话是，没事，老爸在。

为了将"老爸在"这一宣言贯彻到底，皎皎爸爸又像长辈又像朋友，偶尔还要担纲男朋友。我们刚刚出校门的时候，穷到勉强能维持温饱，又带着硬脾气，觉得毕业了再向父母伸手过于可耻。每个月月底的时候，我们俩就挤在出租屋里掰着指头算账，到底钱都花到了哪儿？算来算去也无解。

反正谁都知道钱还有一个小名叫"不经花"。

皎皎期盼我有天能靠写文章名利双收，救她出贫海。我指望她能早日打败恶魔女上司，荣升 CEO，迎娶我这个白穷美。

贫穷的时候，我们最擅长的一件事就是白日做梦。

可不管怎么没钱，皎皎穿的衣服、背的包包还是时常更新。我问起来，她总是摇摇头：我爸给寄来的，每次都这样，说了不用，还非要买。

皎皎不知道的是，何叔叔给寄的可不止是衣服和包包。

他还偷偷打过电话给我，要求每个月固定打一笔钱到我的银行卡上，让我谎称赚到了一大笔稿费，补贴皎皎和我的生活。

我第一反应就是拒绝，可听到皎皎爸爸用郑重的语气说着"拜托"的时候，还是为难了。

从来没有哪一个瞬间，让我那么反感自己的不求上进。我们以为只要不躲在温室里，有心气跟着世界的节奏跳一跳，就算是披着一身向上的志气了。

可往往是自以为向上，却从来不舍得给自己向上的路途中加一些重量。

以至于，还要父母卑微了自己，操心着我们的生活。

二

就是这样被爸爸认真宠着的皎皎，恋爱的时候，恨不得把这些年承受的所有宠爱，都嫁接给对方。

皎皎爸爸坚决不同意他们在一起。那个男人也是这个城市漂泊的上班族，物质条件不够充裕，不知道什么时候能安得了一个家。

最重要的是，皎皎爸爸觉得对方没有那么爱皎皎。

他不指望女儿富贵荣华，只盼着有个男人从他手里接过皎皎的手时，可以许皎皎一生喜乐。可他却忘了，女儿哪怕遇到再好的恋人，也很难比得过父亲给予的爱意。那是不一样的立场，衍生出的不同给予。爱遇上爱，谁都没办法要求它们等同。

可皎皎爸爸就这么固执地要求了。

哪怕皎皎爸爸一生从事教育，深知让孩子自主的重要性，也懂得越是反抗越会适得其反的道理，在面对女儿的问题时，他也只能做个不冷静的父亲。

他甚至要求皎皎回老家工作，他来安排。皎皎崩溃了，在她的人生中，爸爸永远都是站在支持者的位置上，她走的每一步路，爸爸可能会偷偷帮她扫清障碍，但绝对不会干扰她的决定。

她不明白，爸爸为什么会有这么大的转变。

皎皎不知道的是，爸爸已经背着她打听过那个男人，他那厚厚的一摞情史，可以拿来建座纸上博物馆了，里面还囊括着劈腿、滥情的情节。

可皎皎爸爸又不忍心告诉她，她初恋就遇上了渣男。

皎皎是他心里柔软的阳春白雪，她可以胡闹可以任性可以一辈子不长大，没关系，爸爸来护着，但她不能因为不好的爱情而枯萎。

虽然我们觉得皎皎已经有了承担自己的决定所造成的一切后果的年龄能力，可皎皎爸爸不敢这么认为。

他怕赌上女儿任何微小的幸福。

在父母的世界里，我们只不过是从小孩子长到了大孩子，小孩子的时候需要他们呵护，大孩子的时候需要他们守护。他们很难接受，我们成为了真真正正的大人，不再那么需要父母的大人。

皎皎就那样陷在和爸爸的对抗赛里，日日唉声叹气，唠叨自己爸爸嫌贫爱富。

她一直以为爸爸不接受她的恋人的原因是对方物质条件不好。

当然，皎皎爸爸也是这么告诉她的。

直到那个男人劈腿被她抓了现行。

皎皎分手了，没哭没闹，在家里昏睡了两天。醒来的时候给爸爸打电话，她说：老何，你相信我，我长大了。

一句话说得父女二人都沉默了。

次日，皎皎爸爸送来了一大堆吃的，还给她买了俩包包。他对皎皎说：闺女，人家不都说"包治百病"吗？爸爸不懂牌子，你看看喜不喜欢。

皎皎后来跟我提起过这件事，她问我：你懂得我那时候的感觉吗？

感动、心酸、心疼……我想了一堆的形容词。

她摇摇：亏你还是个写故事的，一点想象力都没有。我当时挽着我爸的胳膊，觉得"傍大款"的感觉真好啊。

看着她眉色飞舞的样子，我知道这件事算是翻篇了。

哪怕爸妈再不舍得我们长大，我们也还是以自己的方式成长着，或快或缓。

三

皎皎还是要嫁人了。这次她选择的对象依旧没有那么充裕的物质条件。他是贫困家庭出身的孩子，读书的时候勤工俭学，毕业了自主创业，事业刚起步，还是买不起房。

只不过这个男人，疼她护她，勉强可以同皎皎爸相提并论。

皎皎没想到，这一次爸爸那么利索地就同意了。

她恨不得立马结婚，可对方又拧巴上了，他不想让皎皎吃苦，希望事业发展好点，最起码买得起房子再迎娶皎皎。

皎皎不乐意了。她愁眉不展，谋划着先去领结婚证，以后再补办婚礼。

"没办法呀，我现在就是想嫁给他呀。"她把书盖在眼睛上咕哝着，让我忍不住想起这些年来，我们经历过很多次重压，而她始终都是这个样子，在最艰难的时候都带着少女的明媚感。她对我说的最多的一句话是，没关系啊，会好的。

我想，她这样的性格，多多少少都源自皎皎爸爸这么多年不遗余力投入的爱吧。

据说收获过很多爱的人，也会愿意给旁人很多很多爱。

房子的问题最后还是解决了，皎皎爸爸拿出来毕生存款买了套房，把钥匙拿给皎皎的时候。皎皎哭得声嘶力竭，怎么都不接。

她再怎么天真，都没办法心安理得接受这重到无法掂量的爱。

皎皎爸爸没办法，只好低声安慰：算爸爸借给你的钱，以后再还我，好不好？

皎皎抱着爸爸的胳膊哭，一直一直哭，就像小时候那样，遇到天大的问题，哭醒了，爸爸就给解决了。

四

婚礼结束后，新娘新郎都去了新房。我去酒店帮皎皎取搁在那里的手包。看到皎皎爸爸坐在一楼大厅，垂着头。

我过去叫了声：何叔叔。

他抬起头，像喃喃自语，又像问询：皎皎会幸福吧？

我使劲点点头，又怕他看不到，用力地答了句：会！

我扶他起来，想送他回去，他才发现腿麻了，沉沉说了句：这孩子从小没妈，这么重要的场合，都没有妈妈可以见证。

他背过身去，不再说话。

我突然想到作家冯唐说的一段话：想生个女儿，头发顺长，肉薄心窄，眼神忧郁，用牛奶，豆浆，米汤和可口可乐浇灌，一二十年后长成祸水。

对待闺女，大概所有的老爸只学会了柔软和给予吧。

皎皎不知道的是，爸爸还把老家的房子卖了，置换成一套很小的房子，才在这座城市付全款为她买的房。他甚至，不想让女儿承担还房贷的压力。

"没事，老爸在。"老爸一辈子都在说这句话，让我们误以为老爸无所不能。可老爸啊，只是偷偷地躲在你看不见的地方，做着你不知道的事儿。

他假扮超人久了，就真的以为自己是超人。

可是超人又怎么会躲起来流泪呢？

第二章
友人

所有美好的样子，你都有

她们在我心里也是极好极好的，好到不需要日常夸，也不可不夸。

女孩子说给彼此的"情话"

一

我听过最好的情话都来自身边的女朋友们，大概是我没有那么幸运遇到惯会说情话的男同学。人类自发蒙以来，似乎都需要些情感做支撑。哪怕是最不爱听甜言蜜语的人，也不会拒绝在意之人偶尔流露出的软玉温言。一个孤独到深处成了习惯的人，没准也会邂逅哪一刻，舔舐伤口的时候，渴望近旁有个人安慰。

女孩子扎堆聊天，可八卦，可聊爱情，可抱怨人生，可咬着牙齿谈起一个讨厌到极致的人，也可说到痛处哭成一团。

所有情绪都算不上轰轰烈烈，但也都坦然。

唯有彼此表达谢意、在意、爱意的时候，才要转换成最为不经意的语调，可偏偏说的话最容易让人挂在心上。

我有阵子失眠，一位朋友从南京千里迢迢寄来红酒。她说：睡前喝一点，会好很多。如果严重，要去医院看一下。除了身体，其他都不重要。

都还没容我表达谢意，她又说：真想陪在你身边同你聊聊天，也许就好了呢。我想回她一句俏皮话：把你自己当灵丹妙药送给我呢？

却只是应声好，心下柔软，因为这样一句挂怀。

后来我去南京，却再没听她说过类似的话。只是请了假陪我玩，做好攻略，每买一样东西都要争抢着付钱。

离开的时候，淡然给个拥抱，道一声再见。

真是应了那句：你走，我不送你；你来，无论多大风多大雨，我要去接你。

远方的女朋友靠这种方式表达心意，近旁的则总是不声不响在需要的时候来到。

最怕亲人生病，每一次都要把情绪淘空，尤其是面对恶疾，家人的难过都积在一起，谁都分不出精力安慰谁。每每遇到这些时候，总是女朋友帮衬着，不知道怎么安慰也没关系，陪着就很好。

我们没说过什么温软的话，甚至称不上常常惦念。聊天也是抽个工作不忙的空档，三言两语总结下生活。

可就是知道，只要想起这些柔软的朋友，就像住在甜甜圈里。

可也会有不柔软的时候呢。

二

我素来五行缺自信。可能是年少时貌不惊人才不出众，受老师长辈打击过多，后天使劲弥补，把"温和、大方、得体"这样的褒义词指代的言行，用心往自己身上添加，也还是像带着全身装备往前冲，总不那么对味。

似乎一眼就能被人看穿。

好在我有那么一类女朋友，她们能治这种病，对症下药。药方易得，就是自然地说一句：你很好呀。

没有一点恭维的成分，是真的觉得我很好。

女朋友觉得我有才华，能写书，虽然我送给她们的签名书也不过是被放在书架上蒙了灰，还是架不住我成了她们心中的文艺女青年。事实上，有才华的是她们，她们在各自的领域都做得比我出色许多倍，连考试拿高分这件事，都像是开了挂。一路绿灯冲到工作时，不管是医院里的白大褂，还是法院里的制服，都穿得硬挺有气质。

哪怕我对着镜子嫌弃自己不好看，也会有女朋友嗤笑：哪里不好看了，你明明是温婉的长相，很招长辈喜欢的。我就再对着镜子照一照，试图照出一个仙女来。说这话的女朋友才是货真价实的美女，从小到大都被"班花""校花"之类的称号加持。

也遇到过在爱情里受挫的时候，伤心到极致，难免自怨自艾。年龄小的时候，还不懂得调节，以为不被人喜欢是件难为情的事情。还要拿了A4纸罗列出不被喜欢的种种原因。女朋友夺过来一把撕掉，冷哼一声：他不喜欢你，是他没眼光。

虽然我觉得她那一声冷哼气势很足，可也不敢设想别人没眼光。反驳她：你这种时常被人追的女孩子，完全不懂我们的苦恼。

她一把拉过我，贼兮兮一笑：没关系，你万一真的嫁不出去，就等我下辈子变成男的，再来娶你。

此女朋友身高173公分，我的书架、衣柜等一系列需要研究怎么组装的工程，往往是我还在研究说明书的时候，她已经帮我组装好了。

这样的女朋友们，优秀的、有才华的、能干的，都觉得我很好，是不是说明我真的很好呢？

当然，女朋友之间也是需要互相夸的。我接收了情话，也会选个适当的机会，用友好的方式还回去。

倒不是为了礼尚往来。

因为她们在我心里也是极好极好，好到不需要日常夸，也不可不夸。

这样看来，女孩子之间的对话，是不是有许多可爱之处？

可也会有不可爱的时候呢。

三

比如，我在家人的强制下相亲相到烦不胜烦，对着女朋友怨声载道。她一边准备论文，一边探出头来跟进两句。

我说了一大堆，发泄痛快之后，就把这事翻篇，继续好好挣钱，先把"成为有钱人"作为当下的目标。

忙碌一阵子过去，又有点癔症地问了句：要不之前某某介绍的那个，我试试？免得我爸妈唠叨个没完没了。

隔了好半天，女朋友回复了一句：如果你为了结婚而结婚，我不会原谅你的！！！

重重的感叹号，让我不知说什么好。

比如工作的时候遭遇不公，对着女朋友哭诉。她正在吃面，一口接一口，头都没有抬。把一盒糖罐子塞进我手里：吃点甜的，心情就好了。

我摇头：不吃。

她说：那你抱着吧，离甜食近点心情也会好。

冬天已经过来了，暖气还没供应，一室凉意。我狠狠瞪她一眼：这么凉的铁盒子，你想冻死我？又看了眼她碗里的面，色泽好像还不错。我蹲下去挤进沙发里：要不我们一起吃？

她把碗筷往我这边一推：吃吧。

突然想不起来起初为什么事情难过了。

女朋友起身说：我吃饱了，你吃完把碗刷了。

我嘴里含着面，瓮声瓮气应了句好。辣椒太辣，呛出了眼泪。

四

这样看来，我的女朋友们都很好。性格鲜明可爱，处事大方有度，从不斤斤计较，也没什么坏情绪。反倒是我，会有坏脾气，会抱怨，会妥协。

可那是因为啊，她们在我眼中是真的好。哪怕是小缺点，也棱角分明，显得有趣。毕竟我的朋友们，我都很喜欢。

廖一梅说她的话剧《琥珀》中的故事源于一句最简单的情话：

"我心爱的"。这微小、贞静的句子，不用过分用力，就有回味的气息。

我的朋友们，就是我的亲爱的，从不过分用力，却给我许多值得回味的情谊。

她们就这样从我亲爱的变成了我人生里心爱的那部分。

她世故，我胆小，我们从来没有相亲相爱，却学会了彼此陪伴。

希望你的爱很长，失望很短

一

我搬进了一所老房子，两居室，墙皮斑驳，有些地方已经开始脱落。我最不喜欢的是门窗的颜色，黄黄的，像还没落叶的秋天，一眼望去，不知道能收藏起来什么。

但是它租金适中，距离公司也近。

L是我的室友，一个圆圆的女孩，戴黑框眼镜，头发松垮垮地散在肩上，已经看不出发型，笑起来又莫名让人有亲切感，以至于我憨憨地站在那里跟她打了好几次招呼。

我总是很害怕这座城市的陌生，久而久之，就养成了一种习惯，凡是能在我生活范围内出没的人，我都会幻想下，有没有可能跟他成为熟悉的人。

熟悉的人，不一定是朋友，我知道朋友太难求，"熟悉"就比较容易，大概是偶尔可以相伴进行吃饭、逛街等社交活动但又可以自动划出一条线的人。

在我独自生活了好几年之后，我发现我好像并不适应孤独，哪怕我已经很习惯它。

幸运的是，L刚好很热情，我俩一拍即合，一切推波助澜的外在契机都不需要，就已经发展到可以一起下厨房了。

L会做许多好吃的菜，尝过她的手艺之后，我就自动包揽了洗菜、打下手直至饭后洗碗等一系列工程，就为了能多吃她做的菜。

我夸她做的菜好吃，她夸我屋子收拾得有情调。那时候我已经把我的小卧室打理得像回事了，书架上堆满了这几年买的书，窗台上的绿植脑袋挤着脑袋凑在一起。

后来我发现她总是喜欢变着花样地夸人，比如衣服好看、品位好、有学问……甚至于绿萝养得好也能得来她的夸奖，我只好接受着来自她的每日一夸。

可我翻来覆去能说出口的只有一句，你做饭好好吃，真的好好吃。这句夸赞通常都是在饭桌上进行的。

长此以往，不能合情合理地夸奖她，开始让我觉得内疚。可我绞尽脑汁想出的夸人的话，到了嘴边，还是说不出去。

也许，夸人也是一项技能。她的这项技能估计已经满分了。

因为后来，我见过她夸不同的人，那些赞美的词语完全不用思考就脱口而出，脸上的笑容写满了成年人的世故和狡黠。

可一转身，笑容瞬间就不见了。

我想象了下，她会不会夸过我之后，也那么快就把笑容收回去。

无解。

二

但这一切放在一个独自工作了多年的三十岁女孩身上似乎也蛮正常。她的三十岁生日是我陪着过的，点了三根蜡烛。她一口气吹灭，嘻嘻地笑：好像在过三岁生日欸。

我也笑：我们就是要活得像三岁。

她说：我许的愿望是我们都能从这所房子里嫁出去，下一次，下一次，一定要居有定所。

她的眼神在熏黄的灯光下显得很柔和。

她许的生日愿望里还有我，这让我挺快乐。

那一刹，我觉得还蛮喜欢她的。

我们不过就是跟着生活长出了成年人的世故，却不愿一直世故的大人，偶尔心里住着的小孩会跳出来，幼稚地动情一下，又赶在别人说矫情之前，悄悄地躲回去。

入秋之后，天气越来越冷。她还是经常加班到很晚，我会给她亮着客厅的灯，把煮好的粥温着，等她回来喝。我们越来越有亲近的感觉。一起喝醉过，一起吐槽过工作压力、领导的惨无人道。

她说她想换个工作，我举手支持。可她又害怕换了工作后拿不到像现在这样的薪水怎么办，或者遇到更加惨无人道的领导怎么办，毕竟这个环境是熟悉的。不安于稳定，又害怕改变，在这个时代，成了很多成年人身上的标志性特质。

我听着她碎碎念，一次又一次，而后拍拍她的肩膀说：一切都会好起来的。虽然这句话怎么看都像是虚无缥缈的希望，可有希望总是好的啊。

我们就在窄小的客厅里，喝到晕晕乎乎，吐槽到以为自己世界第一惨，失望过后再继续给自己希望。

我们两个，就像亲密的战友。

可离开了客厅，回到彼此的房间，又像是回到了两个分割的世界。她会抱着电话跟她的朋友哭诉，我也会待在窗前看着万家灯火，除了发呆不知道还能做什么。

有一次，敲门给她送水果，听到里面传来激烈的口号声，是网上某个所谓的成功学大师在教人成功之道，歇斯底里地喊着口号。

她指着电脑屏幕对我说：你知道这个人吧？他的演讲特别励志。大师说，每天默念自己的目标十次，相信自己会得到某样东西，想象一个小时，你自然会成功的。

她噗嗤笑了：我想变成有钱人。

我也笑：我也想。

我把水果递给她，推门出来。她的书架上都是成功学书籍，她还喜欢听成功学大师的演讲。可到底什么是成功呢？

三

星期天的时候，我们一起在家里酿葡萄酒。

我没做过，她说她会。我们就采购了一大堆原料，我兴致勃勃地看她把葡萄洗净捏破皮，放进玻璃坛子里。

她做这些事情的时候，总是很稳，不像我，毛手毛脚的，永远做不好家务。她从不嫌弃我不会切细细的土豆丝，不会修保险丝，停电的时候总会急到跳脚，热衷于看恐怖片又总是被吓到，神经兮兮地要把窗子锁得严丝合缝才敢睡觉。

我不会，她就教我，我害怕，她就陪我。后来，我能切出均匀的土豆丝，我俩总是一起开着弹幕看恐怖片，看别人的吐槽在电脑屏幕上一串串闪过：这个特效好五毛，这个动作穿帮了……硬生生地把恐怖片看成了喜剧片，俩人笑得前仰后合。

我们打发着工作之外百无聊赖的时光，就此养成了很多默契的习惯。她做菜我洗碗，她发胖我就督促她减肥，我偷懒她就监督我写稿。

即便没有相亲相爱，也学会了彼此陪伴。

有很多次，我都能在她身上觉出家的味道。但是很可惜，我们依旧没有多少共同语言。

她一年四季都爱穿黑色的衣服，以为能掩盖自己身材的缺陷。我曾拉着她试过一些颜色鲜亮的衣服，她皮肤白，个子高，穿起来显得精神。可她却是一脸窘迫。我有丝手足无措，也许是我越界了，每个人都会在心里植一片特性，别人非要给你浇灌自认为合适的肥料，也会让你怒从根起吧。

就像我喜欢棉麻质地的衣服，翻来覆去就那么多款式，也曾有朋友一而再再而三地说我：你为什么不可以尝试穿得更有女人味一点呢？

我也是敷衍地答应下，依旧我行我素，久了心里也会不开心。女孩子之间的友情，有很多微妙之处，似乎从来不趋向于直线，热衷于在弯弯绕绕里一起构筑大和谐。

我把我的书送给她，她翻了两页就直呼看不懂，后来我看到书掉在客厅沙发犄角里。我捡起来，擦干净，放在了茶几上。

每天傍晚，我去跑步，都会问她：要一起吗？她利索地摇头：我要减肥，没吃晚饭，没力气跑。很多个没有吃晚饭的日子后，她依旧没有瘦下去。

而我，在很多个写不出稿子引发的焦虑日子里，瘦了一圈。她嘻嘻笑：你得多吃饭，补回来。当晚她就炖了我爱喝的玉米排骨汤。

我一个人对着一锅汤，她继续减肥。我冲她翻白眼。

四

她不美不爱读书不运动，三十岁了似乎并没有什么大的人生理想。我自诩为积极上进追求生活，偶尔有文艺情怀，立志要写出好的文章。

我和她，没有丝毫共同之处，却相处得融洽，甚至于偶尔萌生的嫌隙也会很快消散。她把这归功于我俩都是好相处的人。

可我总觉得是两个过于缺乏关爱的人相互取暖。

可秋天过完了，冬天也过完了，也许就不需要取暖了。她在春天来临的时候，决定去广东，去找男朋友。

在这之前，我竟然都不知道她还有一个订过婚的男朋友，是相亲认识的，对方先去了广东，已经安顿下来，在等她过去。

我一句"再见"都说不出口，还是她使劲地抱了抱我，说：

你的书我带着呢，希望你成为大作家。

我笑：希望你成为成功人士。

我们俩好像又回到了初次见面时的客气和惺惺相惜。

我送她离开，这个城市的火车站我来过无数次，可我始终没适应离别。我不喜欢的东西，哪怕再习惯，我都不去适应。

对了，她酿的葡萄酒留给了我，特意嘱咐我要记得喝。我打开玻璃坛子，舀了一勺尝，特别特别酸。

我从来没喝过那么难喝的葡萄酒。

我习惯性地想调侃她，可两居室里只有我一个人了。

无人应答。

谁都不是天生的主角，没必要因为自己是配角，一味对这个世界低头讨好。

谁都不是天生的主角

一

别人如果有个秘密要告诉你，要不要听？

如果开场白是"我告诉你一件事啊，你不要告诉别人"，那我肯定选择不听，为旁人保守秘密太累了，我自己的秘密我都还得靠自己来守口如瓶呢，哪守护得了别人心底那一方小天地呢？

可是冬妮娅的秘密，无论开场白是什么，我都愿意听。

有时候是在地铁上，她打电话过来，在那边笑得乐不可支：我告诉你一个秘密啊，我们老板今天破天荒来公司，看到我电脑桌面上的陈柏霖，竟然问了句是不是我男朋友。虽然那张照片确实被我裁得角度怪异，不太好认得出偶像那张帅脸……还没说完，她突然话锋一转——说明在别人心里，我是配得上陈柏霖的。

有时候也会哭得万分辛苦，勉强压抑住的抽泣声，下一秒就又开始反复，还能咽着嘴说：我告诉你一个秘密啊……

她所谓的秘密，就是和日常搭界却又不那么频发的状态和语录，欢乐的部分，每遇到一次，她都要记录下来，变着法子作为谈资告诉身边的同事、朋友。

我们称之为冬妮娅的"秘密"社交。

愁苦的部分，她掩藏得很好，只释放给自己看。

于是，展示在我们面前的冬妮娅是一个温和体贴，对谁都有耐心，具备时刻切入核心话题能力的技能型朋友。

冬妮娅有很多的朋友，位属不同社交圈，看起来全然不搭界，有可以陪同看画展的，可以一起泡吧的，也有只热衷明星八卦和买买买的，还有我这种陪她吃火锅、烤鱼和路边摊的。

因为朋友太多，她所有的业余时间都被塞得满满当当。需要陪同哪个朋友去美术馆的时候就在家里做做功课，安慰失恋的朋友时也可以在酒吧喝到胃绞痛，她还关注一大堆微信公众号了解明星八卦、时尚穿搭。

总而言之，她对每一个朋友都很尽心。大概也是因为过分尽心了，忘记自己也有一颗心需要尽一尽，有时候难免让人生出一种过分用力的疲惫感。我一度认为这是她社交能力强，后来才知道某些看似闹哄哄的社交，只是为了让自己看起来生活得饱满些罢了，至于内里是不是干瘪，反正别人又看不到。

二

冬妮娅本名叫佟亚妮。某天，有个朋友不知怎么拐了个弯发现她的名字接近《钢铁是怎样炼成的》里保尔的初恋情人冬妮娅，就打趣这么叫了。

冬妮娅觉得这个称呼比佟亚妮听起来洋气，总是乐颠颠地应。久而久之，冬妮娅似乎成了她的真名，身份证上的实名倒像是要尽力掩盖的缺陷一样，硬生生被冷落了。

她从来不提自己的家人，我认识她许久，也不晓得她家乡是哪里。只是言谈间提到过往，能感受得到她对家乡的极力排斥和不耐烦。

她长相出挑，每周都要花费时间在健身房，身材好到有令我羡慕的马甲线。她业余爱好丰富，学英语练习瑜伽，梦想跟着地图去旅行，热爱制作各种花式甜点，朋友圈看起来一派热气腾腾同生活热恋的状态。

其实这样的女孩子并不少见，大家都习惯把自己经营妥帖，生命欣欣向荣了，生活的缺点才不至于被无限放大。

我以为冬妮娅是其中之一，直到看到欣欣向荣的冬妮娅背后藏着的那个惊慌失措的佟亚妮。

有个周末，我们约了傍晚一起去吃小龙虾。我已经到了，才接到她的电话说过不来了。她在电话那端连声说着抱歉，说到后来，竟崩溃地哭出了声。

她不是第一次在我面前哭，只不过从前是喝了酒，还可以拿酒后伤感做托辞。我知道她极度不喜在旁人面前展示脆弱，能对着我流泪已是极大的信任，所以醉酒之后，再对着她微笑从容的脸，也会自动翻篇，假装完全不记得她曾哭过。

冬妮娅说，只有我会在每次见面的时候问她最近过得好不好，所以她相信我。

但是我懂得，这信任也只能浸泡在这一点点泪水里了。可以陪着落泪，却不能过问悲伤的缘由。我们对旁人的信任从来不是一蹴而就的，往往是打开一点，再打开一点，并且在打开的过程中还要经受住一切精神契合的考验，倘若有哪点不妥，有时候甚至是对方一个不那么明快的眼神，都会让我们把许久才伸出了一点的触角缩回去。

这世上，什么都易得，信任最难得。

所以当我赶到冬妮娅那里，看着她已经收拾好了眼泪，化好妆，坐着看书的时候，我一点也不意外。

我把打包的小龙虾递给她。

她说：陪我聊聊天吧。

三

冬妮娅出生在一个很偏僻的山村里，村子里能考出来读大学的女孩并不多。所以她很珍惜读书的机会，哪怕每个月要打好几份工，雨雪天还要骑自行车奔赴在做家教的路上，她都不觉得心酸。

心酸的是，室友打开她的衣柜，用一种鄙夷的语气说：你怎么只有这几件衣服啊，都读大学了，也不知道买好一点的护肤品。她从来插不进她们的话题，只能以无限沉默来应对，可这样也不行，又被贴上"过于内向"的标签。四年大学，她像是陪跑员，看着别人度过春夏秋冬，又迎来春夏秋冬，她的人生却只有一季，任何外界的变化都只能一个人体味，变或者不变都没有什么意义。

那时候的她，不会装扮，土气，不好看，课余时间除了多挣一点钱再没有别的想法。毕业工作后，她小心翼翼地融入别人的圈子，从最开始的唯唯诺诺到后来忐忑开口，再发展到流畅表达自己的观点，对她而言，是漫长的修炼。在这个过程中，她发明了属于自己的话题点，当不知道怎么迎合别人的话题时，"秘密"是个极好的托辞，可作为开场，虽然她最大的秘密不过是想隐藏起过往的一面，让自己看起来像个大方的城里姑娘，她也做到了。

任何外在的改变，总是有法子的，可内里的自卑，才最煎熬。

她努力去靠近所有人。正因为此，在她心里，感情全然没有等级，所有的朋友都一个样，都是让她看起来花团锦簇，和这个城市进行密切交流的证人。

于是，她也只能换来这种证人式的友情。

大家心里都通透，交浅言不深。

看起来比读书的时候收获了很多，可还是一个人。生病的时候，不敢麻烦别人送她去医院，每次出门都要检查好几遍包包，生怕把钥匙落下。甚至于，她从来不敢交男朋友。每次遇到有向她表达爱慕的异性，她的第一反应就是拒绝。

"我是不是有病啊，明明和读书的时候全然不同了。可我还是那么害怕，好像和旁人之间，永远隔着一条线，我擦去一点再擦去一点，怎么都擦不完了？"冬妮娅说完，垂下了头。

过了半晌，又幽怨地加了句：我哪里有冬妮娅的命，我就是个佟亚妮而已。我从来都没有做过主角。

她穿着简单的白衬衫牛仔裤，因为哭过，气色看起来不大好，但还是漂漂亮亮的，明明是一株有生命力的花树，却以为自己只能拥有野草的命运。

我有很多话想说，却只把小龙虾推到她面前：吃吧，佟亚妮。我们重新认识一下，亚妮多好听。

她把小龙虾一只一只剥好放进盘子里。

这个好看的姑娘，终于说出了她心头所谓的真正的大秘密，从此应该是能真正卸下防备和我做朋友了。

至于那些寥落的不安全感，我们每个人都有，除了自己，无人可以帮你抵御。谁都不是天生的主角，没必要因为自己是配角，一味对这个世界低头讨好。你有你的秘密，我也有我的秘密，我们从来不需要用秘密交换秘密，能拿来对等交换的，只有真心。

佟亚妮可以用力活成冬妮娅，也可以用心再活回佟亚妮。我们每个人都有一个真实的自己，关乎出身，关乎过往。我们可以带着这个自己往前走，但没必要因为那个真实的自己而放弃对人生真实。

佟亚妮边吃边说：我的家乡有很蓝很蓝的天，空气比这里好太多了。

其实，我还蛮喜欢我的家乡的，她说。

我信。

不过分用力融入话题圈的佟亚妮，其实挺可爱的。

总有一些人，要在世界之外，陪你一程。

没人知道，飞鸟迷失于天空

一

小时候，我们交朋友，不计较三观，不苛求世情，只是恰好遇到了，两个小朋友生出了一丁点火花四溅的纯真情谊，就手拉手说：不如我们做好朋友吧？算起来没有什么技术含量，却是真真正正有仪式感，就差像领结婚证书那样盖个民政局的戳儿了。

可即便没有这个戳儿也不要紧，反正我们会以实际行动圈地自萌：上厕所的时候要互相陪伴，你讨厌的人我绝对不会喜欢，你爱吃的零食，我去小卖部会记得为你买，夏天吃个雪糕都要你一口我一口。

偶尔回想起这些，会觉得又喜感又怀念。后来再也遇不到，大概是因为在心里自动设置了太多"不喜欢"：不喜欢爱迟到的人，不喜欢不讲信用的人，不喜欢斤斤计较的人……过分多的不喜欢让我们在一个又一个想要靠近的瞬间，又自动退后两公分，在安全距离内保持一团和气。

你看，纵使不喜欢，我们也还是面子里子都给足，于人于己都方便。

可总有那么一些例外，是从你不喜欢的世界跑进来的，她不瓜分你的领地，不介意你的情绪，因为她有一套独属于自己的强大观念，甚至不需要你去适应。

一切都显得莫名其妙，就这么成为了朋友。像两只野生兔子，一只兔子跑得快，一只兔子耳朵后面有个红点，跑得快的兔子嫌弃红点兔子腿短，红点兔子嫌弃长腿兔子没有特点。

俩兔子就这么待在两个兔子窝里，你冲我翻个白眼，我朝你扭下屁股。但是天气好的时候，又能在森林里商量着，我们一起去找乌龟赛跑吧，不知道今年的龟兔比赛，它们准备怎么样了。

卡卡就是跑进我世界里的那个例外。她身上带着我特别不喜欢的固执，没有一丁点转圜的余地，总觉下一秒就要置人于死地。

卡卡做事情一定要有程序，必须时时刻刻按照这套程序来。哪怕是一件在我看来特别小的事情，比如煮鸡蛋一定要7分钟，然后过凉水，这样才容易剥蛋壳。

她会拿着手表计时。

我问过她为什么一定要7分钟，为什么一定要吃白水煮蛋，炒鸡蛋茶鸡蛋蒸蛋明明更好吃。卡卡说：7分钟的味道是最合适她的。白水煮蛋最有营养。

可是我试过，7分钟8分钟甚至10分钟，哪怕把鸡蛋煮破，对我来说都没有差别，并且我始终不爱白水煮蛋。

就是这么同样自我的两个人，生活纹理完全不搭界。但这些好像都没那么重要，粗糙有粗糙的活法，细致有细致的要求。

她依然热衷于程式化，我照旧懒散到没边没际。

二

甚至于，卡卡的恋爱也是程式化的。

我以为爱情是顺理成章，水到渠成。在她看来，爱情是婚姻必经的一个阶段。

我特别在意享受恋爱的过程，她过于看重一段恋情带来的结果。如果预测到以后可能发生的一切不美好：俩人之间性格不匹配，买不起房子，父母之间的观念隔阂……都会促使她斩断这段缘分。

缘分是有缘还要有分，如果只有缘而没有合理相处的氛围，最后只剩下怨，结局只能是分。她把这套强大的理论抛给我的时候，一度让我瞠目结舌，不知如何回应。

只能暗搓搓地想，这样苛刻的条件，到底要寻觅多久，才能找到那个所谓良配呢？我不敢设想为感情设置一切条条框框，人又不是纯功利性动物，感情稍微那么一变化，没准就跨度到另一个陌生的维度了。

我把她的准则定位为还没有遇到真爱时的自我遐想。毕竟，好多姑娘在爱情里，总归和平时的那个自己有点不一样。她斥责我是活在真爱里的幻想家。

可没想到的是，卡卡真的遇到了她所谓的"匹配性恋爱"。

对方是大学老师，教比较文学。戴黑框眼镜，学校分的有房子。卡卡觉得自己过于理性，需要感性的另一半来中和一下，这样以后孩子的性格可以更趋近可爱。俩人工资水平相当，都说经济基础决定上层建筑，既然经济基础相当，那么在处理家务事上也可以合理分配。

她甚至用她强大的逻辑，列出了一二三四五六七条章程。

我看得眼花缭乱，就像在看大学宿舍里的值日表。这样子分条缕析，好像面对的不是爱情，而是一大盘棋，要一个子一个子往下落。最后分不出胜负才最好。

想到两人结了婚，你执黑子，我执白子，端坐棋盘两边，你来我往。不知道为什么，我觉得有点不寒而栗。

那是我第一次觉得卡卡离我那么遥远。

我认识的卡卡，虽然有点小固执，但会在出差的时候给我带喜欢的香水，记得我有收集杯子的癖好，买各种各样的杯子给我。

我经常看她笑靥如花，打扮得体，去开会，去见客户，去约会。甚至于，她的口袋里永远装着巧克力，遇到谁有不开心的时刻，会分给对方一颗，告诉他们，吃点甜食就好了。

她是我心中的无敌女精英，永远能摆平工作上的一切难题，哪怕半夜接到工作电话，也可以收起睡意，礼貌地说"你好"。

种种模式下的她，趋于接近，又好像不能融合，至少在我的感情里有那么点出入。

我为此感到困惑。

在我困惑的时候，我们不知道如何接近。她也不会在这样的时候靠近我。两个过分自我的人，相处起来，又都会有敏感的一面。喜欢或不喜欢都不需要挂在面上，一个眼神就可以看得见。

更何况，她也有不喜欢我的时候。

三

她没办法忍受我的磨叽，不是生活里的磨叽，而是感情上的拖泥带水。在她看来，我始终像个没有老师指导的初学者，永远感情用事，不知进退。喜欢一个人的时候恨不得把对方捧到天上，离开的时候又很受伤。

最不能忍的是受伤之后也学不会疗伤，下一次依旧重蹈覆辙。

我们互相看不上的时候，不交流，但也不是所谓的冷战。她加班忙到不可开交，我会买好吃食塞满她的冰箱，我生病发烧，她会请假穿越大半个城市来陪我。

我们只是都明白，如果不能接受对方的观念，又不能予以反驳，最好的办法是互相冷静，保证不出口成伤。

可以伤害一个人的人和事太多了，我们费了多大劲才克服这些障碍，打破心理防线，靠近一个朋友？既如此，朋友更不应该用来伤害。

无论多么冲动，都不要口不择言。

她深谙此理，恰巧我也是。

于是，她走她的程式，我继续我的磨叽。

卡卡最终也还是没有和比较文学老师走到最后，她不想告诉我分手的缘由，我也没有刨根问底。只是有次她幽怨地问我：男人是不是特别不喜欢很理性的女人啊？

我挖了勺手里的冰激凌，很利索地告诉她：是。

虽然我知道爱情的样式那么多，谁知道你会遇到什么样的呢？但看她吃瘪的样子，似乎也挺有趣。

更令人吃惊的是，她竟然告诉我想要改变自己的程式化，为此她又制作了一系列章程，我看着她手里拿着的章程，摇了摇头。

后来，我渐渐明白，其实我们不是两只兔子，而是两只飞鸟，只不过在学会飞翔之前，我们并不相识，也不知道对方经历了什么，以至于练就了金刚不败或者柔弱无依的性子。但这世上的事情有果必有因，倘若你不愿意告诉我这个因，我只能在接触你之后，坦然去接受你人生中新的果。

毕竟，我们相遇，已经在卡卡的框框之外，也在我的不喜欢之内。反正莫名其妙，已然没有回头细细分析的打算。那就继续莫名其妙下去吧。

你知道的，总有一些人，要在世界之外，陪你一程。

有些人活得轻描淡写，像一株不被挂心的植物，没办法在大世界扎根，却能在自得的小世界里创造巨大的能量，或许，天生就是负责世间的善良的。

你负责善良，世界负责被你温暖

一

孙晓突然来找我，没有提前打招呼，冒冒失失地在一个雨夜踏进了门。进来之后，声音小小地问了句：没有打扰到你吧？

她的头发上还挂着雨水。我拉着她去浴室，递了干毛巾给她。等她换洗好干净衣服的空档，我坐在沙发上发了会儿呆。

想起小时候，每到夏天，雨水就多，说来就来。经常是我们在院子里玩得正嗨，天就阴下来，我每次要拉她回家，她都是睁着大眼睛摇摇头，说：我们去看蚂蚁搬家吧。

然后我俩就蹲在蚂蚁出没的地方，有时候是大树旁，有时候是砖头堆处，看着一大群蚂蚁奋力地搬运东西，不知道这些小东西哪来那么大力气。

蚂蚁慢吞吞的，我看得极其没耐性，出主意：要不我们帮它们搬吧？孙晓总是坚决地说不，她的想法是蚂蚁有自己的路，就像我们走的也是自己的路一样。

她比我大两岁，她的主意，我总是肯听的，哪怕我理解不了。和她相处这么多年，我们之间最大的默契就是，不问，不打扰。

我看着她在屋子里转了好多圈，帮我收拾了房间，用湿抹布一点点擦拭着绿萝的叶子，把上面的灰尘抹净。绿萝好像被加了一层美颜滤镜，享受着我这个主人极少给予的待遇。

等她把我那间小屋子里所有能收拾到的角落都整理妥当，我已经打了好多个哈欠，她坐下来，看着我说：没事，我就是突然想来跟你说说话。

"可是现在我困了呀，要不我们明天再说？"我又打个哈欠，看她闷闷地点了点头，看不出表情。

她一贯就是这样子。如果我正儿八经坐下听她说，她一定会睁大眼睛，叹口气：没事啦，其实也没有什么的，就是很烦，可也不知道为什么烦。

到最后，我什么也问不到，她什么也没说出口。

俩人之间的气氛像是带了对峙的意味，明明应该是松松闲闲的聊天，最后就变得不知所谓。后来每次当她提出要聊天的时候，我都会先晾一晾。就像在太阳下晾晒被子一样，蓬松了，弹软了，被子就有了令人舒适的温度。等到孙晓心里也有了温度，她就知道怎么理得清头绪了。那些很烦的问题并不需要解决，也就没有了。

我们总是不明白，为什么生活总是这么糟糕，从来不让人有完全舒坦的时刻，心里不装载一点不痛快，似乎都不好意思在这世间活着。

可我们又都不愿意承认，这些不痛快多是自个儿的心找的。

我刚刚进入杂志社工作的时候，有一次编了一篇稿件，是一个青年女作家写的。我当时特别喜欢她，她在我心中完全是偶像般的存在：长得漂亮，书又畅销，发的微博也灿烂有趣。可那篇文章写得像小王子看了43次日落般忧伤。我记得主编当时的签稿意见，她说：年纪轻轻的，哪来这么多愁苦呢？

我结合那条意见，又看了一遍稿子，默默地想，也许青春本身就值得愁苦，谁也挡不住这为赋新词强说愁的气流。

只不过，有些人的愁苦延伸的时间要长一些，比如孙晓。

她太伤感，又太敏感。

二

那晚我睡到半夜，口渴醒来，看到孙晓坐在窗口，开着小夜灯看书。她身上套着我的棉睡衣，毛茸茸的，在悠悠的光圈里，活脱脱一个没有攻击性的小怪物。

我就打趣：小怪物，你大半夜不睡觉，坐在这里等待捕食啊。

她没睡觉，倒是比刚来时有精神了许多，还有心情接我调侃的话。

窗外还在下雨，我俩站在窗前看雨。她指了指窗外，问：外面是不是有荷花池？我摇头：应该没有吧。窗户外面，虽然只隔着一条道，却是另外一个小区了，我从来没去过。

"留得枯荷听雨声，古人真是有情致有想象力。"她冷不丁说了这么句话。我"噗嗤"一声笑了出来：中文系女生，你又来了。

从前读书的时候，她就喜欢这样，痴痴的，会为了讨论某句诗跑到我们宿舍拉着我说上半天。我总是等她说完，歪着头看她：哎呀，你真是比我们中文系的女孩子厉害多了，解释得头头是道。她也不含糊：叹口气，可惜了，差了些分，没考上中文系。

次数多了，我就会打趣她为"中文系女生"。她也不恼，该讨论的还是会讨论，只不过那时我的兴趣完全不在古诗词上面，能做的也就是听她说说而已。

我以为，她一直说，我一直听，这就是我们之间最好的状态了。

可没想到，她毕业后又考去了乡村做特岗老师。那一次，换成了我说，她听。我自然是不乐意她过去的，我们都是从小镇走出来的孩子，这么些年，拼尽全力地向往着大城市的空气。即便会被雾霾笼罩，拥堵包围，可似乎只要站在大城市的天空下，心就跟着大了起来。

我说：我们好不容易走到大一点的地方，你当真就愿意去一个比我们的小镇还要小的地方吗？

她点点头。

"你那么喜欢古诗词，到了那儿之后也许就没有人陪你聊这些了。"这次她抬头看了看我，而后又摇头："不会的，那里是学校啊，怎么会没有热爱古诗词的老师呢？"

我说得口干舌燥，也拗不过她。

"我和你不一样，不是所有人都有能力适应大城市的生活节奏，像我这样，只想有个小世界。"她说完这个理由，我再没法反驳，心内只有沮丧。

她如愿去了那所乡村小学。我趁着假期去看过她。那里是真偏僻，但学生也是真心爱戴她。我亲眼见着孩子们偷偷把糖果放到她的抽屉里。

她也骄傲得很，眼神里无时无刻不透露着一种信息：看吧，我的选择是对的。看着她快速地融入其中，我也开始觉得她的选择是对的。我唯一能做的就是多给她寄书寄学习用品，让她分发给孩子们。

那段日子，我经常听她讲学校生活：枕着星星睡觉，踏着朝露醒来。一度把我羡慕到不行，恨不得辞了工作随她去。

直到这一刻，听她叹着气，说着其中的诸多不易，才体味到局外人的认知和当事人永远有出入。

导致她这么失落的原因是有个学生被奶奶打了。那是个单亲家庭的学生，跟着爸爸生活，爸爸外出打工就把她扔给了奶奶。奶奶同时还要照看叔叔家的弟弟，要求她每天放学必须尽快回家做饭。

"那天我在做黑板报，小姑娘好心过来帮忙，我就教她画花儿。奶奶直接冲进教室，手里还拿着棍子，质问她怎么不回家。我还没解释完，老人家手里的棍子就落在了孙女身上，我挡了上去，直接打在我的胳膊上。"孙晓向我比划着，声音带着颤抖。

我把她的袖子卷起来，果然看到胳膊上一大片淤青。

她过去那里还不到一个学期，只看到这一点琐碎的世情就觉得愁苦到不行。虽然之前已经做好了准备，可那些都是外在的，这种精神上的无能为力，最能瓦解一个人的乐观。

我看着她坐在那里长吁短叹，想起之前她这些年向我诉过的苦，似乎都埋在这样轻轻小小的叹息里。她看起来那么无力，却又总是在下一刻就能打消自己的无力。

所以，我只是调侃着说了句：那要不换个工作？她又摇头。

果然，第二天早晨起床，就看到她在收拾东西准备返程了。我问她为什么这么急，她说下午后两节还有课。

那么她来找我这一趟的目的是什么呢，不是需要答案，也不是需要对谈。因此这些我都不需要给她，她只是站着太久了，需要休息。

我看着她忙碌，突发奇想，有些人活得轻描淡写，像一株不被挂心的植物，没办法在大世界扎根，却能在自得的小世界里创造巨大的能量，或许，他们天生就是负责这世间的善良的。而我们，则负责被他们感动。

三

孙晓回去后，打电话问我可不可以寄一些我制作的杂志给她，她想给孩子们看看。我立马应下来。又听她在那端开心地絮叨，说是小女孩的奶奶亲自做了糍粑送给她，因为孩子总是对老人说孙老师有多么多么好。

老人说：孩子没有妈妈，跟着我老太婆学不了什么，能有你这样的老师真是太好了。孙晓听到这话，眼泪都要掉下来了。

善良本身就值得收到善良的回馈。

我知道她可以的。

我也准备好继续接收她的叹息，因为叹息之后依旧是明亮的她。

小孩子是怎么变成大人的，有些人需要在漫长的时间里等待，有些人却只要一瞬。

是什么教会我们长大

一

思思是我的一圈朋友里，最孩子气的一个。

也许是因为在幼儿园做老师的缘故，她也总像个孩子。在大家都在奋力谈人生规划的时候，她觉得得过且过就很好。她不化妆不喝酒，穿 T 恤牛仔裤，长了一张没过完青春期的娃娃脸，背着双肩包出去玩，总被人误认为高中生。

她也不在乎，每天嘻嘻哈哈追剧打游戏。开心的时候就策划着出去玩一趟，不开心了就能窝在床上一整天。每天叫嚣着需要找对象，家人介绍的相亲却不愿意去，也懒得出门找机会认识旁人。

思思最大的优点是单纯，脸上藏不住心事，好的坏的，一眼望过去，就明明白白的。她也不跟人较真，遇见需要争辩的问题，倘若对方振振有词，她就退让一步，好的，按照你说得来。

我们有时候觉得她没脾气，没脾气间接等同于软柿子。偶尔凑在一起会对着她展开思想教育：你这样不行的，都工作几年了，怎么也要懂得保护自己。

她也只是笑笑。

大家都忘了，其实我们年龄相当。

每个人都把她当作需要保护的对象，她也只爱在我们这个朋友圈里晃荡着，懒得去结交新朋友。

有时候我们约会也带着她，男朋友自然不高兴。思思只是单纯，却不傻，总是看好形势，落座吃完饭后，立马找理由撤退。

撤退之后，继续窝在家里打游戏。

我们有时候会商量，思思这样的姑娘该嫁给什么样的人，一定要是个温柔敦厚的性子，能保护得了她的干净单纯。

说实话，我们虽然总要求她要像个大人的样子，却又爱护她的单纯。毕竟人情世故易学，内心赤诚难保留。

二

有时候觉得和思思做朋友，像是从复杂世界向外面伸了伸手，朝着纯真的方向够一够，既然够着了，就和和睦睦牵着手。

每一个朋友在思思面前都站成姐姐的气势，争着抢着为她打抱不平，不能让她受委屈，却从没人想过要思思为我们出头。

　　在我们面前，她就像是一个跑入成年人堆里的小朋友。

　　大家调侃她：思思的手机不用设密码，除了幼儿园的活动照，就剩下思思一脸无辜对着镜头比着 V 字手的照片，就算被外人拿到了，也没兴趣翻。

　　我们认识她五年，都很惊讶一个人怎么可以那么平静地在五年之间没有丝毫变化，哪怕是眼角都没多出皱纹。

　　唯一算作成长的大概就是从助教做到了老师，现在在教小朋友画画。在打游戏之外多培养了一个做手工的爱好。

　　她能用彩纸做南瓜灯。只要看一遍教程，她就能做出任何在我们看来稀奇古怪的玩意儿。为此，我们觉得思思太适合做幼儿园老师了。

　　在学校里，小朋友都喜欢黏着她。

　　我问过思思有想过以后换个行业吗？

　　她很坚定地摇头：从来没有。我喜欢做幼儿园老师。

　　她平时说话都温温淡淡的，只那一句，像个用了力气的大人。

　　我再没问过她这个问题。

三

认识的这几年，身边的朋友们，恋爱结婚生孩子，思思每一次都送上温暖祝福和厚厚礼金，无论是参加婚礼还是孩子的百天宴，她翻来覆去都在说一句话：看到你幸福真开心。

可她从不恋爱。

有次，她问我：等你们都结婚了，大家该是没多少机会聚在一起了吧？

我反问她，你为什么不去恋爱呢？

她只笑笑，牵强又黯淡，和平时面对我们时安静的孩子气，一点也不一样。

我唯一一次见过她哭，是在医院，她爸爸出意外进了手术室。她陪在妈妈身边悄声安慰着，素净的一张脸，带着鲜明的悲伤。

直到确定爸爸无大碍，才站在那里，眼泪长流。

小孩子是怎么变成大人的？有些人需要在漫长的时间里等待，有些人却只要一瞬。

有很长一阵子，思思不爱笑，也不打游戏了，每天除了去医院陪护，剩下的时间都在幼儿园待着。

她过惯了衣食无忧的生活，没有人要求她快速成长。

我一直以为她不需要成长，甚至羡慕过她的这种不需要：先天具备舒适温厚的家庭，拥抱着爱意长大，自然不需要去风雨里闯荡。

只要她愿意，就可以不用长大。

可思思，好像一夜之间，就燃起了对成长的需求，并且是要求拔苗助长的那种。

她辞职了，回去接管了爸爸的生意，并且开始复习考研究生。

她有时候会回来看我们，眼睛里不再是之前的平静，开始充满斗志。明明是向上的张力，不知道为何，却看得我们心疼，大概是知道她曾经的样子有多放松。

"医生说，我爸爸差一点就下不了手术台了。我这些年从来没学过去承担生活的压力，我爸妈也没逼迫过我。我不想结婚，我觉得一个人更快活，他们也由着我。"思思仰着头，"我是不是挺傻？这么大的人了，现在才想到还有成长这回事。"

我没有回答，也不知如何回答。

在医院的时候，思思妈妈找过我们一次。让我们劝劝思思，不要太沉湎在过去里。

我才知道思思变成如今这样淡然的性子，只不过是因为爱的人不在了。他们原本说好大学一毕业就结婚的。可那个男孩的生命停留在了 22 岁。

有些人看似成长得慢，也许只是因为见过伤，害怕再长大。

可无论多么害怕，当身后有责任的时候，又不得不长大。

四

思思后来开始相亲，也去认识了新的人。我们见面的机会不再频繁。有时候她会在晚上打电话给我，什么话都不说，就开始哭，哭完后再说声晚安。

对她家的生意，我如果有了可以提供的意见方案，也会整理好给她。旁人问我她是谁，我总是说：一个没长大的小妹妹。

可我心里分明知道，思思其实早已长大了，精致的妆容遮挡了娃娃脸，迈开的高跟鞋让步子跨得强硬。

有时候我会想起第一次见她的时候，我刚来这个城市，因为面试失败，边走边哭，被电动车撞到，肇事车主骂骂咧咧，说我不长眼。我心情糟糕到完全不想反驳他，只想着息事宁人。

思思突然冲出来指着肇事车主：明明是你闯了红绿灯，我看得清清楚楚。

我只注意到思思胸前别着的胸针，随着她大声理论，在胸前晃荡着。那是一朵紫荆花，在这个城市里，开着。

最后肇事车主道歉，我只是腿部蹭破皮，就没再计较。思思过来扶我，从小猪背包里掏了半天掏出纸巾递给我。

她说：别难过了。

那句别难过，撑起了我在这个城市里生存下去的全部信念。

希望她也撑得过，毕竟她是那么好的姑娘。

依旧不远不近，你是你，我是我，可在无声无息里，我总能找到你。

我要找到你

一

你知道酷到没边的姑娘是什么样子吗？对我来说，就是小树。想起她来，找不到任何可以修饰的词。又模糊又清晰，清晰的是她的脸，模糊的是我对她的定义以及我们之间的关系。

2007 年，我遇见小树。她提了一麻袋书，拖拖拉拉地往校门外走，被门卫拦着要求出示学生证。

学校的门禁很严，平时只有走读生可以出校门。住校生如果要外出，必须找班主任开证明。小树把麻袋扔在地上，翻来翻去终于找到了学生证，递给门卫的时候，气冲冲地说：不用检查了，我退学了，以后都不会出现在这个校园了。

当时距离下午上课只有五分钟了，我手里还拿着校门口的小店买的烧饼。我喜欢那家的烧饼，会撒很多很多的白芝麻。为此不惜冒着被老师查出来的风险，借了走读的同学的学生证出门。

趁着门卫盘查小树的片刻，我做了漏网之鱼。

走过门卫处的时候，我咬了一大口烧饼，边吃边想：这个姑娘真奇怪，拿个麻袋装书。

怎么也没有想到后来又能看到小树的麻袋。

三天后，她又拉着她的一麻袋书，被班主任带到了我们班。据说退学不成功，爸妈走了关系，让她换了班。

小树并没有因此安定下来，做个好好学习天天向上的乖学生。她上课睡觉，下课嚼口香糖，吸一口气，发出一声响。

我坐在她前面，被吵到，试图找她理论。她不屑地扔给我一颗口香糖，要不你也吃？脸上带着一种捉摸不透的傲气。

我接了她的糖，莫名其妙地和她成了朋友。说是朋友，其实不过是比别的同学能多和她说两句话而已。

她那么冷淡的人，哪里有交心的朋友。青春期的女孩子，自尊心敏感到比纸薄，谁也不会愿意为了注定亲密不起来的同性，贴上自己的热脸。

小树和我说话，也仅仅是在讨论村上春树的书。

她喜欢读村上春树。大概那时候，班里只有我和她一样，愿意透过考卷的缝隙扒拉课外书。

可惜这样的光景没多久，她又退学了，这次玩真的。直接去找工作了。

依旧是拖着麻袋走的，只不过麻袋没那么沉，课本都被她扔了。

她后来找过我一次。按理说，我们的交情，不至于让她为了我重回学校。可她就是来了。

我请她吃校门口五毛钱一个的小脆筒，她把外面一层脆皮嚼得嘎嘣脆。我们坐在操场上，她问我模拟考试还顺利吗？我问她在外面工作开心吗，是不是可以赚很多钱？

她轻轻地笑一下，不回答。

都来不及多谈，就被打着手电筒巡逻的老师吆喝了。

那时候，她的头发剪得很短，个子又高，穿着黑黑的运动外套。老师是把我们当成早恋的男女同学了。

她站起来，拍了拍屁股上的灰，冲着光源吹了下口哨，扭头对我说：学校依旧是这么没劲啊。

没有告别，她已经转身。

二

我再见到她时，已经读大二了。她不知通过什么途径找到了我的联系方式，说要请我吃饭。

第二天就风风火火出现在我们学校。

吃了什么不记得，就记得她垂着头坐在我面前，说要参加成人自学考试，想学英语。不知道是什么让她有了这样的转变，但我觉得这是好事。

因为吃饭的时候，我注意到她的手。才 20 岁的女孩子，手上已经生了厚厚的茧子。她从来不提她的工作。但我想，那应该是辛苦的，不那么开心的工作。她的脸上已经没有了当年那副对着老师吹口哨的精气神。

喝奶茶的时候，她不停拿吸管戳着珍珠。

我问她，你还喜欢看村上春树吗？她回给我一个放松的笑容：看呀。

"那就好。"我觉得开心，好像那个小树还在。即便走远了一些，模糊了一些，甚至可能走丢了一些，但幸好还在。

每天都能透过窗户看这座城市，多肉应该不寂寞。

简单点，减压的方式简单点。

书店叫目录书店，因为每本书都
有目录。白猫的名字叫小黑，老
板没有告诉我为什么。

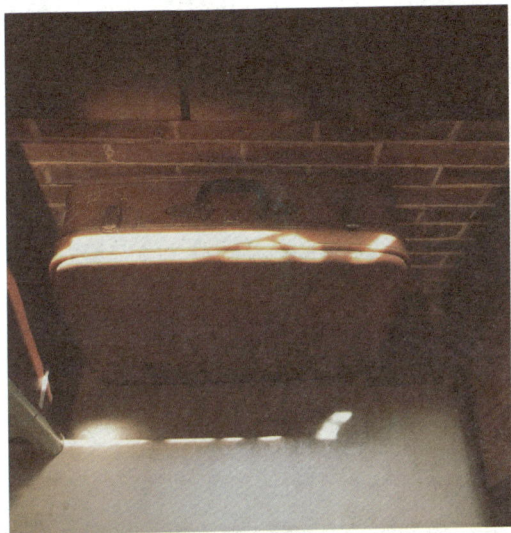

离开了很多次，回来了
更多次，还是在这里。

背道而驰，都是路人。

遇见怦然心动的书店。

街景自行车

青春有时候看起来年轻又灿烂，可事实上做的都是无趣的事。能有那么一点点在心上烙下痕迹的闪光点，总不舍得丢掉。

我不舍得丢掉和小树之间唯一的那点关联，虽然我们看起来完全算不得什么密友。

可她记得我，我也记得她。

三

她后来找我借过一次钱，买了一大兜零食给我，犹豫了好半天才说出口。我把我当月的生活费以及做家教领到的工资都给了她。

她拍拍我的肩膀，我会尽快还给你的。

我没问她借钱做什么。哪怕我们之间情谊不深，但她那么敏感的人，不到万不得已，不至于向我开口。我从来不舍得用任何犹疑的念头来对待我在意的人。

是的，我是在意小树的，虽然我们几年时间只见过几次面，我完全看不到她的世界是什么样的。可每次见面，我能读懂她的慌张、困惑，以及试图要剖析自己却总不得章法的为难。

她只是不擅长表达罢了。

小树把钱还给我的时候，我大学都要毕业了。在宿舍里打包行李，对着一大摞的书不知如何是好。

她不知道从哪儿鼓捣了一辆皮卡车来帮我运东西。我问她怎么知道我需要搬家。她正在帮我收拾桌面，手里攥着一个小玩偶，说：猜的，你大四了呀，看到你们学校官网上说毕业生要离校了。

你看，有些时候，她又比谁都细致。这些事情，明明可以直接打电话问我的。

她就像个跟自己较劲的小孩子，也跟这个世界较劲。明明心里存着好多好多善意，呈现给外人的却总是凉意。

那个玩偶是有一年我过生日，她送给我的。下了夜班匆匆跑过来，递给我说：就是个小摆件，不贵，你不要嫌弃。

那一年，她还在一家饰品店做导购，薪水微薄。

小玩偶一直放在我的桌子上，不小心碰到地上过，没有碎，一点都没有。

就像我和小树，从来没有掏心掏肺，甚至不具备互相亲近的点，但我们之间的线有一股韧劲，总也没有断。

小树参加了成人自学考试，从专科考到本科，也自学了英语，渐渐开始接到一些翻译的活儿。赚得不算多，但总算摆脱了之前的颠沛，正式对人生有了盼头。

有一日，我们去吃火锅，等红绿灯的时候，她突然说道：其实我挺后悔当年辍学。那时候，我以为不用读书也能混个好样，事实证明，我只是个普通人。

绿灯亮的时候，我看着她说：我们都是普通人，跟读不读大学没关系，关键是普通人要怎么学会喜欢上自己，你喜欢自己吗，小树？

后来在烟雾缭绕的火锅店里，我也没有等来她的答案。

四

我的职业规划做得特别清晰，可现实又总是不按套路出牌，一次次崩溃到极点。小树从来不跟我讨论工作，只会带我去吃饭，每次都抢着付账。她说：我来，我可以的。眼睛里的真挚让人不好推辞一分。

我们见面的频次倒是比读书时多了许多。她开始穿套装，留长发，化妆，穿高跟鞋。我偶尔挽着她的手臂，也会打趣，如果找男朋友，你这个身高就够了。

她从不回应我的俏皮话，板正到不能再板正。

我总以为是我们从来没有敞开过彼此，从十来岁到现在，总是处于像朋友，又不是朋友的阶段。她太冷清了，冷清到让人捉摸不透。

　　直到有次，我在做一个策划案。她问我：这个东西，我是不是也能学啊？如果学会了，我们的话题没准可以多一些。

　　我瞬间明白，不是她不想向我敞开，更多的也许是害怕。

　　我以为她现在已经很好了，却也只是比最初的那个她过得好了许多，可能并不是她想要的那种好。她是小树啊，是当年和班主任一言不合就要退学的小树啊。

　　时间带走了很多东西，让我们变得安稳，可骨子里的情绪，总还在那里，要用尽多少年的时间，都不一定可以消磨殆尽。

　　况且，我也不希望小树把那些都消磨掉。

　　还好，她没有。

五

　　她喜欢上了摄影。一点点地钻研教材，去上摄影课，从一个卡片机入手，拍完风景拍我，拍到我腻了，她还是一副兴冲冲的样子，学习修图，还应聘成为了一个摄影工作室的助理。

她说：等你新书做签售会的时候，我去给你拍现场照吧。

我说：行啊，那你可要好好练习啊，不要把我拍丑了。

她还是那样，不回应我的打趣，继续鼓捣照片。过了会儿，抬起头说：我挺喜欢自己的，现在，这一刻。

从 2007 年到 2017 年，我们认识十年啦，亲爱的小树。今年，大概可以在朋友前面加一个"好"字了吧，其实加不加也无所谓。

你来去如风，我也不擅长煽情。不过是我比别人对你多了一份耐心，你那么不喜欢表达的人，对我说过一声谢谢。

就像你喜欢的村上春树的《挪威的森林》里表述的那样，春天的原野里，你一个人走着，对面走来一只可爱的小熊，浑身的毛活像天鹅绒，眼睛圆鼓鼓的。它这么对你说道："你好，小姐，和我一块儿打滚玩好吗？"

还记不记得，我们刚认识的时候，你对我念过这段话。没有念完。我想，你只是一个人走着，需要一只可爱的小熊陪你打滚。

刚好，我做了这只小熊。书里是男女情爱，而我们只是两个十来岁的女孩子，刚好在孤单之外，多了一点默契。

之所以觉得小树酷，只是她从不告诉我自己有多难，又不声不响地做成了许多事。如果非要感谢，就谢谢时间吧，没有把我们拉远。

依旧不远不近，你是你，我是我，可在无声无息里，有许多时候，我能找到你。

一年 365 天，其实就是胖一点瘦一点认真一点颓废一点，交替着就过去了。

这一路，总有话要讲

一

苏苏契合了我对"美好"这个概念的一切定义。这词语听起来很俗套，可当你遇到一个和你全然不同，相处又分外轻松，不会一股脑像兜售货物一样显摆自己的优点，而是热衷于发现旁人的优点的朋友，你会忍不住重新审视下自己，想和她对照，看看是否能如照镜子般映出同样的好。

喜欢这种情绪，和厌恶一样，都过分鲜明，厌恶一个人的时候不自觉想躲避，喜欢一个人的时候也会不由自主想靠近。

社交软件看起来便捷，可是面对真心欣赏的人的时候，多少又存了那么点犹疑，大家可以在朋友圈里热络地点赞，却始终不好意思打开聊天窗口，问一声好，也许是开场白怎么都酝酿不对，也许是怕太突兀，怎样都算打扰。

毕竟，加了微信的两个人，有可能只是有联络的契机，却并不具备相熟的情分。也就只能时不时靠点赞刷一刷存在感。对方的照片很有气质，最近又参加了很多好玩的活动。在不熟识的圈子里，我们能通过一个平台窥见别人的日常，尤其是这样子明媚的日常，这多少有点让人开怀。

　　我的朋友圈里就有几个这样的朋友，苏苏是其中之一，也是我最喜欢的一个。我知道她在一家设计公司工作，会写好看的圆体字，喜欢涂鸦，热爱音乐。

　　可是她不知道我。

　　真正有交集是因着朋友的工作室需要设计新 logo，我想起了苏苏。第一次试探性给她发了消息，就这么一来二去，有了熟人缘。

　　因为在同一个城市，就约了见面，规规矩矩地坐在国贸商场里喝下午茶，带着初次见面的生分，都想不起来当初怎么加的微信。

　　在社交上，我一向被动，不善与人套近乎，哪怕是真心想要结交的朋友，也不知该如何拉近彼此的距离。还好，苏苏不像我这般迟钝，一个主动点，一个不抗拒，感情就维系得来，也就有了后来的情分。

二

跨越大半个城市去约饭，这可以算作当代人表达好感的方式之一。不管天气好还是天气不好，堵车肯定少不了，地铁拥挤，公交瘫痪，去赴一场会面也得打起精神。

好在和苏苏的每一次会面都松松闲闲。她是很好的倾听者，也是很随和的话题主导者，可以三两句化解尴尬，还能够力所能及地为你解决难题。

最重要的是，她脸上的笑容总是发自内心的真诚。

看过太多笑容，略微会具备一点分辨笑弧长短的能力，有时候对面那人牵起了嘴角，心里却不一定在笑。

遇到这种礼貌式笑容，总觉为难，不知道适合拿什么表情来应对。

苏苏这种百分百的感染力笑容，竟有点让人嫉妒。

我问过她，怎么可以笑起来好看。她俏皮地甩甩头，抛个媚眼说：就这样。大概这种不着力的气质，才是好看的源头。

她却不觉得自己好看。

我去过她家，拾掇得并不算整齐，屋子里堆满了画册，柜子上是各种手办，卧室里却没有一张单人照。

她的日记都是漫画体，我饶有兴趣地看下来，漫画主角长得像一颗发了芽的土豆，每天都在换不同的发型，带着同一张脸，有时候胖点，有时候瘦点，脸上还有跳跃的小雀斑。

苏苏说：这是我自己。

我都不知道该如何表达惊讶，只好再度认真地盯着漫画，怕是自己不懂艺术，有什么误解。可怎么也看不出来这颗发芽土豆和苏苏有什么关联。

她同我解释：一年365天，其实就是胖一点瘦一点认真一点颓废一点，交替着就过去了。我希望自己是认真度日的人。

我直呼：你就是啊。

她接着说：你有没有注意到，漫画里的"她"没有耳朵？我有时候就想过没有耳朵的生活，听到不喜欢的世界，有时候还挺闹心的。

这倒也是。

我经常会为听到不喜欢的世界而闹心，即便费尽心思想要提高自己的修为，有时候还是控制不住要动肝火。

只不过我动了肝火之后还是受着。

苏苏不同，她不喜欢，就是真的不喜欢。

她上次辞职的原因是和部门领导脾气合不来。于是，甩甩手就走人了。这样的场景在我脑海里翻江倒海过无数次，我甚至酝酿过辞职的时候要穿什么样的衣服，高跟鞋要多高才能踩出气势。

　　可我还是在每天上班下班按时打卡中度过。我以为这样意气用事的辞职理由只会发生在刚毕业的新人身上。

　　自己安于现状太久了，就不敢想象会有人真的能活出自我。

　　更何况苏苏是那种看起来很乖的女孩，与人交流全凭眼缘，虽然性子柔婉，极易相处，却并没有多少朋友。

　　可她对这些，是一点都不在乎。

　　但我在乎，我在乎的事情太多。像是出生的时候就不具备安全感这种装备一样，拼命地想在以后的人生里拾起来：工作短期内有没有升职的机会，存款够不够用，大大小小的开销都会记账。一分一毫地规划着自己的生活。生怕一不小心有任何失控，就打乱了苦心经营的节奏，换一种节奏又怕跟不上拍子。

　　就在我按部就班地过着自己的节奏，把日子过得有条不紊的时候，苏苏考上了研究生。

　　她说，就是想充个电，重新感受下校园生活，同时，已经有出版商在跟她讨论出版她的漫画了。

　　仔细盘算，我们认识了一年，见面都还不到十次，但每一次见面都能看到她的新变化。

哪怕是细微的调整，只要不把日子过成复印本，就能看到希望。

苏苏离开这座城市之后，我才突然意识到我其实对她完全不了解。我只注意到外在的她，乐观的，热情的，永远在追求新事物。我羡慕她说辞职就辞职的勇气，欣赏她可以随意表述自己的不喜欢。

我把这一切都归结于性格使然。可我忘记了，她的勇气都是自给自足的。我没有勇气，是因为从来没给自己准备足够的底气。

我的人生在做规划，每天都在记录。

苏苏也在做规划，只不过她规划的方式是直接去执行。而我只规划了现状，从来没尝试去挑战新的部分。可苏苏的规划，从来都是朝着看似不可能的方向去努力。

她做着设计，每天却不间断地在画漫画。

她读研究生，跨专业考的古典文学，只因为觉得没有认真学好中文是一种缺憾。

看起来是因为和领导脾气不合而辞职，其实并非意气用事，而是因为工作环境已经不能匹配她的成长。

我只注意到她是一朵花的那个阶段，看到的全是优点，却没看到一颗花种成长的过程，就天然地以为花儿本来就花儿。

苏苏的朋友圈依旧生动鲜活，我却真正意识到我其实喜欢她什么，大概就是身上那股永远自由的劲头。

生命里人来人往，有些感情用来推心置腹，有些感情来得慌张，还没有足够时间发展成篇就已经天各一方，但倘若恰好碰到精神上的馈赠，纵然匆忙，也还是开心相逢这一场。

第三章
爱情

我想和你一起平凡生活，
美好不过如此

盯着一段旧回忆不放，费尽心力地要一个证明，不过是心疼曾经被看轻的自己，可我们爱着讨好着一个人的时候，身段本来就是低的呀。

绿裙子

一

橙子买了条绿裙子。

之前去电影院看《La La Land》，石头姐从未婚夫的家宴上逃跑时穿的那条绿裙子，让她眼前一亮，回去之后就开始满商场搜罗。绿色太水嫩，既挑皮肤又挑身材，好在她坚持健身半年多，总算是见成效，穿上虽不及石头姐美艳，看起来也清新婉约。

同事打趣她像一颗脆生生的萝卜，她不以为意，能脆生生也很好，说明不老。从眼角开始生出第一条纹路起，她每天就会不由自主地照镜子，生怕脸部线条呈现出向下的趋势。每个月挣的钱都拿来买各种昂贵的护肤品来伺候这张脸了，不能做个天然美人，就只能盼着老得慢一点。

有时候想想，也不懂为什么一定要给自己定那么多条条框框，要保持好身材，要保养好皮肤，还要打理好外形，提升好气质。可每个人都在这么做，不做的那部分人还会被打上"不会管理自我形象"的标签，多多少少会给生活带来困扰。

当然，也会给爱情带来困扰。虽然大家挂在社交网络里的都是类似"漂亮的皮囊千篇一律，有趣的灵魂万里挑一"这种话，可"有趣"怎么界定，从来没个统一标准，但漂亮的皮囊，只需要看一眼就知道了。

橙子早早就懂得这些道理，所以哪怕已经很累，她还是坐在床上按部就班地做着睡前瑜伽。那条绿裙子在衣架上挂着，漂漂亮亮的，让整个房间增色不少。从第一次在橱窗里看到它，橙子就按捺不住，试穿过后看了吊牌价格还是放了回去。

最后下定决心要买，是因为一周前沈南给她的 QQ 留言了。他说，我下周二会去你那里出差，到时候见一面吧。

他们有四五年不联系了，以至于除了 QQ 这种有年代感的通信工具，没其他联络方式。他刚结婚的时候，她还会偷偷去看他的空间，铺天盖地的结婚照太晃眼，她偏偏要给自己添堵，一张张看过去，恨不得记下沈南的每一个表情。她恶狠狠地告诉自己，就是要用这样的方式，越难过就越麻木，麻木了就不喜欢了。

于是，她就那样悄悄地去浏览他的空间，再擦掉访客记录，却一次也没有联系过沈南。这是她的底线，以前喜欢他的时候，除了心底存着一根刺，不停地扎自己，她没伤害过别人，他有女朋友，那就一点暧昧都不要有，只要一份喜欢，留给自己。

可是大学一毕业，沈南就结婚了。在他的婚礼上，看到他把戒指套在新娘的手指上的时候，为了控制不让眼泪流出来，她把左手咬出了深而重的牙印，最后从婚礼现场狼狈地逃走，直到跑出酒店，跑到大马路上，才痛痛快快地哭了一场。

从今以后，这个男人是别人的老公了。她连心存一点喜欢都像是在觊觎别人的东西。

她是个有道德洁癖的人，既然压制不了心底的感情，就只能强迫自己切断联络的途径。

她跟沈南从十七八岁就认识，许多年的朋友，没有告别，看不见刀落，只在心里"咔哒"一声。

这个人，消失了。

二

后来她工作越来越忙，也谈了两次恋爱，大家都不再热衷于玩 QQ 了，她也不用像个园丁一样守着他的空间，再说也没什么可守的，这几年来，沈南统共也没几条动态，起先是炫耀自己老婆，后来又多了个儿子。

他看起来很幸福。

她也懒得去探测他有多幸福。以前觉得自己会一辈子放不下这个人，现在真想嘲笑当年的幼稚，怎么可以那么轻易低估一辈子的长度。

不过五年，就把曾经对他的爱稀释得白开水一样寡淡。

沈南当年也是用这个词定义她的，说橙子是寡淡的女孩子。

她喜欢上沈南的时候，他还没有恋爱，她跟在他后面跑前跑后，想着总会找到合适的机会向他告白。

可这个合适的机会，到底也还是没能具体到某个日子。她看着他换了一个又一个女朋友，空窗期短到只有三天的失恋时间。

她如果在这三天内替补上去，怎么都显得这段感情没诚意。她陪他度过每一段颓废期，陪着他喝酒，通宵打游戏，给他买好一日三餐。她用尽了所有的诚意来对待他，不愿拿它换来一段空心的感情。

于是，就这么看着，等待着，可沈南从来没有认认真真看过她一眼。

既然他看不到她，她只能打扮得显眼一些。她换了新发型，找室友帮忙化妆，买了新衣服，自以为装扮漂亮地站在他面前。

她以为自己跟以前不一样了。

可他只是略微扫了她一眼：你这样寡淡，不，淡雅的女孩子，不适合这样的装扮，太老气了。他咳嗽了下，换了个好听点的词语。

可没有用了，"寡淡"这俩字打消了她好不容易积攒的勇气。

她不知道他所谓的"寡淡"，是指外表还是内在，抑或是感情经历。

她回到宿舍，躺在床上，想了一天都没想明白。可她知道，自己在他心里，就那样了。

三

橙子做完最后一个瑜伽动作，起来洗了澡，再度把绿裙子穿上，化好妆，搭配得当，站在镜子前。

她答应了要去见沈南。

并不是因为对他余情未了，她就是想知道，今时的她出现在沈南面前，会被怎么定义，他还会说她寡淡吗？

她看着镜子里的自己：嘴唇饱满，曲线玲珑，眉眼的轮廓虽一如当年，却漂亮了很多。她有自信，这样的自己，绝非昔日那个唯唯诺诺，青涩到毫无风情的女学生可比，即便是老了一些，没有满脸的胶原蛋白打底，依旧是挡不住的好看。

她就是想让沈南对她刮目相看。

那种胀满了胸口的酸楚，聚在一起发出的痛感，就和她在他的婚礼上咬着手指生出的疼是一样的，悄无声息地攀爬，瞬间撕心裂肺。

这一刻，她一点也不后悔花大价钱买这条绿裙子。这哪里是一件衣服，这分明就是战袍。她需要上战场，不为杀敌，只为了把心头那一点阴影擦干净。

想到这里，她给沈南留言：你明天几点到？

他回复得很快：不好意思，明天临时有事，改道了，再约吧。

橙子盯着那一行字，良久。

她把绿裙子脱下来，用力地摔出去。裙子擦着墙壁掉在了桌子上，碰翻了上面搁着的红酒杯，里面还有未喝完的红酒。

一时间，绿色罗裙翻酒污，一同打翻的还有心底那汪血红色的酒，好不容易酒醒了，又想去尝一勺，还自欺欺人：反正一勺喝不醉。

她甚至都没有资格，像春娇对志明那样，对着沈南说一句：如果你不是认真的话，拜托你别再找我。

橙子打开QQ界面，选择了"删除好友"。

一切又清晰了。

原本就不需要有人为她重新定义。

盯着一段旧回忆不放，费尽心力地要一个证明，不过是心疼曾经被看轻的自己，可我们爱着讨好着一个人的时候，身段本来就是低的呀。

唯独不介意，才无所谓高低。

橙子躺在床上，闭眼睡了。

我可以委屈自己，但没办法不心疼那个委屈的自己。

不谈爱情

一

年初的时候，柠檬定了两个目标。第一是换工作，第二是找男朋友。

换工作的打算由来已久，但她所在的三线小城，机会又没有多到俯拾皆是，裸辞的事情她做不来，在寻寻觅觅着下家之中，一年转眼就过去了。至于找男朋友，那是当务之急，她再也不想被家里的长辈唠叨个没完没了。

微博上有人给她推荐了一个观察星座运势的APP，说是非常靠谱。她原本也不相信这些，直到对方又回复了句：你不觉得你最近戾气很重吗？

她翻看了下新近的微博，似乎是有那么点哀怨气。但是戾气重和星座运势有什么关系呢，难道遇事就要甩锅给水逆吗？

她越想越生气，又不愿对着一个陌生人刨根问底，那样似乎就坐实了对方的评价。一气之下，她把近一年的微博都删了，删着删着就看到了去年的一条微博，配图是断裂的手串，配字是：那就这样吧。

她想了想，那天是前男友徐寒结婚的日子。那条手串是他送的。徐寒他们公司组团去青海旅游，他想带着柠檬一起去，无奈柠檬请不出来假。出发的当天他依旧兴致缺缺，柠檬只好冲他撒娇：你要记得给我带礼物啊。

于是，徐寒带回了那么一条碧玉手串，花了几千块钱。柠檬也不怎么识得了玉，可那手串的颜色绿得就像拿彩笔画上去的，一看就是被忽悠了。但对着徐寒那张献宝的脸，她还是一脸欢喜地戴在了手腕上。有些事情，不需要那么计较。柠檬看得开，只要不涉及原则，对方撒谎她也能接受。她愿意把不那么美的瞬间在爱的笼罩下化解掉，反正人生充满悲剧，只要悲剧不爆破，就可以当作喜剧来演绎。

更可况徐寒还是为了讨她喜欢。

那时候，徐寒是真爱他，两个人在一起就像小孩子过家家，有逗不完的乐子。一个热衷于说不好笑的笑话，另一个擅长捧场，感觉全世界都腾出了空间，就为了收纳他们这一对的默契。

柠檬大方，知进退，也知道给爱留空间。俩人有多相爱，在爱里就有多自在。

可那又怎么样呢，不还是分手了吗？

想到这里，柠檬把微博关掉，鬼使神差地下载了那个星座运势 APP。

二

从那天起，她开始日日查看处女座运势。依旧是不信的，也不愿依照所谓的幸运色和幸运物来摆布自己，只是每天看下，像是用一种旁观的姿态观察着日子的走向，看一下这走向会不会在身上应验。

爸妈每天都要打电话来，可是他们安排的相亲，她连一丁点兴趣都没有，相亲模式都是一个路子，借着给她找对象弄出个亲朋故友大集合的阵仗。

本来是她一个人的事情，倒像是广场放的那种露天大电影，每个人都可以停下来，瞅两眼。

最重要的是，即便她愿意这样做了，也是一点火花都擦不出来。两个陌生人，可以一见钟情，也可以互相嫌弃。

没有感情基础，生出什么情愫都是理所当然的。她又没那么走运，能够体验一把"一见钟情"。

眼下却是躲不过去了，这一次去见的是个理科博士，在读。柠檬打小理科就差，对他口中的专业没有丝毫的认知度。

不过这次，她没敢像从前一样面上同意，心里敷衍。因为查了今天的星座运势，说她的爱情开始恢复记忆了。她按照"一日星座推荐"，搭配了一套柠檬黄的连衣裙，配了条紫色水晶吊坠。

不知道是不是真的因为爱情运势开始解冻了，这一次相亲，竟然还不错。

博士落落大方，举手投足都彰显着尊重和体贴。外貌虽不出众，也看得顺眼。

对一个人有好感，谈话间的停顿都像是水墨画的留白，只有意境，不见空虚。

俩人就这么开始相处了一阵子，可始终不咸不淡，距离往前走，差了那么一步。

因为是异地，只好依托聊天软件来交流。博士喜欢自说自话，翻开聊天记录，从来都是他在说，柠檬听。柠檬遇上不顺心的事情，想向他讨个主意。他都是直接把话题岔开，根本没在意柠檬说了什么。

柠檬说：我们领导让我做一个新项目，我有点忐忑。

博士回答：我下个月要去北京参加一个研讨会，我们导师就带了我一个人过去呢。

柠檬说：今天遇见一件特别有意思的事情……

博士兴冲冲地岔开：我去给普本的学生上课，他们都夸我课讲得好，还说我是男神。

柠檬把打出来的字一个个删除了。

落在聊天窗口的是：是吗，真好，恭喜，太棒了！

长此以往，柠檬觉得两个人的交流里，博士就像台上的名角，自己是台下捧场的，还是收了免费券，不花钱进来，找了个座位，昏昏沉沉睡半场，鼓鼓掌。

有好多次，柠檬都想打断他：你能听我说句话吗？

可是博士总有一种奇异的功能，始终如一地坚持着把话题拐到自己身上。哪怕是柠檬尝试半撒娇地对他说自己生理痛，他也只有一句：是不是所有女孩都这样啊，我有个师妹，有一次都疼晕了……

柠檬看着聊天窗口上多出来的一大段话，没有一句是对她的关切。

她去冲了杯红糖水，想起徐寒。以前这个时候，徐寒恨不得什么都不让她做，包揽一切家务，下载好电影，让她卧在床上看，间或给她讲个笑话。

也许是独享惯了这种好，容不得它有任何瑕疵。徐寒的一切缺点，她都可以将其视为生活本就不完美的证据，可她不能忍受徐寒跟前女友藕断丝连。

在她以为徐寒那么爱着自己的时候，他却在跟旁人牵牵绊绊。

那时候性子烈，果断要分手，一点余地都没留。

徐寒找她解释过几次，可也就那么几次缓冲的机会。她没应，他就转身了。没多久，就听说他和前女友复合了。

从此，柠檬的人生字典里多了一个贬义词，叫"前女友"。

三

不知道是不是因为后悔当初没给徐寒机会。现在，她给了博士足够多的宽容。无论对方怎么打破自己的容忍度，她都能宽慰自己，这世上哪有十全十美。就算以前那么爱徐寒，不也得承认徐寒有好多缺点吗？博士说了，毕业后会回到柠檬所在的城市工作，大城市买房压力大，还是老家好。各种权衡后，博士是她目前能抓到的最合适的人选了。

一个"合适"就可以抵消掉所有的"不好"。

她照旧跟博士聊天，虽然在她看来气氛怪异。可对方显然不这么认为，说出的每句话都在力证自己有多优秀。

柠檬有时候不明白，他这种邀功式的证明，目的是什么呢？或者说，他本身就属于自我炫耀型人格吗？

她有时候听着博士夸夸其谈，会对自己生起一股悲悯。为什么要这么为难自己，就因为到了父母口中的适婚年龄了吗？

柠檬觉得和博士聊天的自己，空有一个躯壳，拼命地卑微着，不凸显出任何一面跟性格有关的东西，只低低地俯下身子，为了等来他的一句：不如我们结婚吧！

反过来，她觉得这对博士也不公平。

最后，终于促使她把这不公平的伪装扯开的，是博士旁敲侧击地询问柠檬，有没有跟男朋友同居过。他说：你还记得我那个师妹吗？她前阵子跟男朋友分手了，还去做了人流。女孩子啊，还是要自重……

柠檬感觉自己的视线模糊了，她突然没办法回忆起来跟她相亲的那个男人，到底长什么样子。

她只知道，再也不想听他说一句话。以前之所以能忍受，大概就是因为不爱吧。因为不爱，才不计较。可她真的就能接受这样的不爱吗？心里分明是更忐忑更慌张了，甚至于开始鄙视自己。

博士呢，有可能也在忍耐她吧？没准还会觉得她乏味。

柠檬瘫在地上，枕着胳膊。她想好了，明天就去辞职。

至于这种不谈爱情的情感关系，她尝试过说服自己，结论依旧是"不要"。

我们很平凡，也许注定了要过普通到不能再普通的人生。可再普通，我们也不希望它戴着美好的假面，背后却是一片狼藉。

我们可以委屈自己，却没办法不心疼那个委屈的自己。

她假想了一份爱情的样子：没有头，没有脑，没有脚，只有合适。
她告诉自己，遇见了就知道到底什么样了。

恋爱体验课

一

　　荔枝跟大叔分手那天，恰逢这个城市迎来初雪，雪花劈头盖脸地砸下来，一点也不温柔。是谁说的初雪很浪漫？对她而言就不是。

　　她站在西餐厅的门口，大叔已经走远了。起先说了要送她的，荔枝倔强地说不。既然分手了，又何必巴巴地接受这没有爱意的绅士风度？她看着他去停车场拿车，看着他的车驶过他们来时的路，顿了一会儿，才一个人慢吞吞地走进雪地里。

　　雪花落在脖子上，瞬间就融化了，留下一片冰凉。她打了个哆嗦。为了搭配新买的灰色长大衣，她特意穿了低领毛衣，又不愿意系围巾，觉得那样可以显得脖颈修长。

　　女孩子为了好看，总是愿意受点罪的。

荔枝低着头，试图找找大叔刚刚离开时的脚印，可雪下得太大了，行人又太匆匆，哪里还辩得清谁的脚印。她按照大叔刚刚走过的路线，深一脚浅一脚地踩上去。好像两个人的脚印重叠，就还有留恋的痕迹。她原本以为只是一场简单的约会，和平时一样，于是叽叽喳喳地对着大叔说个没完。她也不知道为什么见了他就总是有那样多的话可说。分明也不是个话痨，却在他面前一秒钟都不愿意沉默，想向他表现自己的可爱、活泼、开朗，想把任何自我感觉良好的一面都展现给他，想让他觉得自己的女朋友七窍玲珑。

可换来的总是他的寡言。他看着她说，看着她笑，就像对着一个缠人的小孩。偶尔她因为得不到回应表现得不开心，他就笑笑摸摸她的头发，也并不给予安慰。

他对她说的最多的是：好，行，哦，你决定吧。两人也不怎么用微信聊天，通常是荔枝说了一大堆，他只回复一个冷清的微笑脸。

荔枝看着那个微笑脸，觉得心底发憷。那样的笑容，就和他平时给她的微笑是一样的，从来没有到达过眼角。

荔枝想过修改他的习惯。她发了一大堆表情包给他，好玩的，花哨的，生动的。可没有一个是他中意的。他只是淡淡地丢过来一句：小女孩才喜欢的东西。

荔枝就怯了。她最怕被他当作小女孩看待，那意味着不平等。他们之间本来就有差距，总是她仰头看他，他不低头，任凭她看。

反正只要他不戳穿，荔枝就假装感受不到仰头的时候有多难受。可她还是怕有一天大叔会正视他们之间的差距，告诉她，你不要仰头了。

可无论怎么怕，这一天还是来了。

二

大叔说：我打算结婚。荔枝还没来得及惊喜，下一秒就感受到了失望。他继续说：你是个很乖的女孩子，应该找个合适的人恋爱结婚，跟着我委屈了。

一瞬间，伤心，羞耻，愤怒，所有的情绪都以一种不可挡的气势压过来，荔枝想把面前的水泼在他身上。她的手按着水杯，握紧又松开，松开又握紧。沉默了很长一段时间，才说了声好。

在他面前，她怂。

他们在一起还不到两个月，名义上是情侣，实际上用朋友来定义也说得过。

荔枝 28 岁了，在遇到大叔之前从来没有正经谈过一次恋爱。看似对恋爱没有要求，可处处都要讲感觉才是最大的要求。

感觉这种东西又最虚无缥缈。

荔枝之前也遇到过好多个追求者，挑来挑去总是差那么点意思。

就这样，她从来没想单身，可身边的朋友都结婚了，她还是单身。她对恋爱带了几多憧憬，可就是没办法选择跟一个人在一起。朋友说她把恋爱这回事端得太金贵，整得像个仪式。有什么大不了，一场不行再叙下一场啊。

可她就是做不到。

直到遇到大叔。

她跟同事结伴去一家Livehouse听一个南方来的乐队的演出。人多，她一不小心被挤到了一边，撞到了别人身上。下一秒，她被扶正，映入眼前的就是一个男人的脸。他看着她说：小姑娘，你站好。

不知道是出于什么心理，她顶了一句：我不是小姑娘了。他不苟言笑地接了句：那好，大姑娘，你站好。然后瞟了一眼她手里的酒瓶：少喝点酒。

荔枝想解释，那酒是买给同事的，她不喝酒。可对方已经不见了。

荔枝感受到一种从未有过的澎湃，她断定，那是心动。他的身高、长相、气质，甚至说话时的表情都是她的理想型。

她把初次见面时他的调侃视为幽默，后来才知道他是真的板正。

荔枝像个特务打探情报一样了解着他。她28岁了，好不容易遇到一个喜欢的人，不想放弃。

只要对方未婚，没有道德层面的约束，她就有机会。

荔枝从来没有那么开心过。

她追求得猛烈，而他不回避，也不回应。后来他答应跟她在一起也是莫名其妙的，没有前情提要，也好像不需要后续发展，恍恍惚惚地以男女朋友的身份相处了两个月，现在说要分手。

荔枝还在努力进一步了解大叔的喜好，大叔却已经把她踢出了自己的世界。

自始至终，她不知道大叔为什么接受她，这两个月相处下来，他应该并不爱她。

三

荔枝踩在雪地上。她穿着7公分的高跟鞋，她总是喜好穿这样高度的鞋子。只因为她的目标身高是165公分，而一双鞋子就能助她完美达成目标。

可恋爱不一样，没有助力，她又没有经验。

她想起这两个月，大叔其实陪着她做过很多事情，带她打网球，看艺术展，还语重心长地教育过她要多谈几次恋爱，见识的男人多了，才知道到底什么样的男人是适合自己的，像她那样凭空幻想，得来的论据不过纸上谈兵。

他说的时候，荔枝不以为意。反正她单身这么久，总算是等来了意中人，也用不上这些理论了。

她一直渴望的就是这种从一而终的恋情，等来了，就是幸运。

可大叔，分明不想等她。

他该是没料到，荔枝真的是个小姑娘。

分手的时候，他说：我这个年纪，没心力教会一个女孩恋爱，你得自己去学。

荔枝觉得自己是个恋爱白痴。她把他当归途，以为是精诚所至才得来了这样寄托了全部爱情的恋人，哪怕他没有温度。可大叔心里，荔枝可能只是个驿站，还是不那么合格的驿站，停靠起来并不舒适。于是，他选择尽早撒手。

他们互相考察着彼此，荔枝看到大叔的成熟稳重体贴，大叔只看到她身上的孩子气。

想通了这些，荔枝突然不那么难过了。

就当这是一场恋爱体验课。

只是，她也应该学着去感受一下合拍的爱情到底什么样子。

毕竟，7 公分的鞋子穿着真的很累。

大叔再完美，再合乎她的标准，他不爱她，也不是那个对的人。

这么多年，她假想了一份爱情的样子，没有头，没有脑，没有脚，只有合适，她从来没有试图了解过一个男人，每次都只凭借着第一眼印象，她告诉自己，遇见了就知道到底什么样了。她照着这种虚幻的感觉去找，去等，把"宁缺毋滥"和"不将就"当作箴言镌刻在心底。

可这一刻，她突然不知道她的理想型是不是代表爱情。

这场雪，似乎没有停下来的迹象。

荔枝的灰大衣上落了一层又一层雪，天要黑了。

她只想回家，脱掉高跟鞋，躲进一个温暖的被窝。

至于爱情，明天再说吧。

有些场景是自带"记忆滤镜"光环的。其实那真的不过是个普通的笑容，瘦弱的身影，可因为承载了某一时刻的心动，从此就住成了心底的遥不可及。

浅暧昧

一

石榴问我：你谈过"记忆恋爱"吗？

这个词语真新鲜，记忆和恋爱什么时候都能拼凑在一起组成新名词了？

"如果因为一段记忆，和一个人谈了场恋爱，可不就是记忆恋爱吗？"石榴据理力争。

"那，走心吗？"我想不出合适的形容词来界定这样的恋爱形式。

"我走了，他应该没有吧。"石榴若无其事地拈了一颗瓜子，可语焉不详的背后分明有一长串故事。

不落泪的哽咽最难受。

大概是过年回家时应付长辈们的各种询问过于疲累，每个人都在用无聊的方式打发闲散的时光，平时不怎么联系的朋友都会突然冒出来问一句"你过得怎么样"。从假期第一天开始，石榴的手指就没消停过，不停地应付着千篇一律的消息。

当然，百无聊赖的人肯定不止她一个，高中时的班长不到 24 小时就聚齐了班里三分之二的同学，红红火火拉了个微信群。一时之间，晒娃的、发红包的、介绍公司业绩的……大家集体刷屏，同声共贺新年好。

石榴上学的时候就被归为性子内向、最没有故事的那一类女同学，现在也不知如何开口，酝酿半天发出去的一句问候，瞬间就被淹没了。

没有人记得她。

她揣摩着大家发在群里的近照，也没办法和旧年的某某对上号。可看着一团和气的景象，多少有种知交尚未零落的温暖，也就乐得当个旁观者，瞻仰着这些快乐。

半天时间过去，她就了解到大家的基本情况，谁去读博了，谁嫁给同班同学后三年抱俩啦，还有谁谁已经做了老板啦。

可那种刚刚联络上的热络劲儿不多会就散了，满屏的表情包晃得人犯困。正在她考虑要不要把群屏蔽掉的时候，杜子美加入了群聊。

她记得他，不是因为他和诗圣同名，而是因为他长得好看。

他也在同学们的吆喝声中发了近照。

怎么办？他好看一如当年。

石榴一下子就不能平静了。

她等着他诉说近况：在哪儿工作，婚姻状况，这些年的经历。这样，她就可以像瞻仰其他同学的快乐一样，不动声色地观望他的生活。

可他只是打了声招呼，就下线了。

好像也没有人记得他，大家依旧讨论得热火朝天，有个男同学在陈述自己的发家史。石榴兴趣索然，设置了"消息免打扰"，然后在"杜子美"的名字上停顿着。

停顿了很久之后，才敢申请添加好友。

很冒昧的开始，明明两人没有任何过去，除了知道彼此的名字，一丁点交集都没有。可不知道为什么，她就是想跟他有交集，哪怕只能从现在开始。

从没有故事到故事开始，需要的只是愿意制造故事的人。

二

杜子美自然没有拒绝添加老同学的道理，似乎也对她没什么印象，听她报了姓名后，回了一个"哦"，就没有下文了。

见对方没有叙旧的打算，石榴只得慌张说了再见。她快速地浏览着他的朋友圈，在简报式的日常里打量着他的生活，他应该是在从事金融类工作，还没有结婚。

她开始精心安排自己的朋友圈，每一张自拍都要找好角度，P图很久。

她开始时不时给杜子美点赞，评论。他有时候也会回复，有次，杜子美还在她的照片下面评论了一句：美女。石榴心花怒放，借机同他聊天。就这么一来二去，春节假期过完，两人就变成了能搭上话的老同学。这样子看来，从熟悉的陌生人过渡到朋友，再进阶到恋人，也用不了几步。

石榴回想起来为什么会对他有那么深刻的印象，好像是有一次她背不出历史老师提问的问题，被老师毫不留情地训斥了，躲在校园长廊下哭得双眼红肿，迎面碰到了杜子美。

他什么都没说，只冲着石榴笑了一下。温暖的，不带任何嘲弄的，驱散了一颗心上灰扑扑的难过。

从那之后，石榴心里就有了那个笑容，像是拖着青春的尾巴盖了个戳。

倒也没有因此就喜欢上他，俩人之间从未有过多余的话，匆匆忙忙地毕业，就再没见过。

仅有的只是那个笑容。

如果没有班长组的这个群，笑容也不具意义。

可偏偏，这样的重逢，借助这个不具意义的笑容，成就了石榴心底那一点悸动。

三

仿佛知道俩人之间没有过往可表，杜子美从来不跟石榴提读书时的事情。石榴觉得这样真好，两人建立的全新关系是完完全全属于彼此的。

记忆里的那个他，只有一个笑容可供抒情。眼前的这个他，让石榴生出无限的激情，每天挖一点，挖一点，可以取之不尽。

可杜子美并没有这样的意思。他不常和石榴约会，虽然每次见面都很愉悦。他会玩，有风度，会照顾石榴的感受，一副情场高手的模样。但他又让石榴摸不透，看不出他的坦诚度有几分。他从来不在朋友圈发他们的合照，也没有带石榴见过朋友。

石榴只能安慰自己还没到时间。

她认定了两人的关系必然会水到渠成。

感情的事最怕双方出现不同的认知，又没有表达过各自的认知，结果就在大家都以为会朝着自己喜欢的方向去的时候，发现终点竟是歧途。

石榴以为彼此需要时间去了解。

可杜子美不过把她当作过渡。

石榴意识到这点，是因为偷偷检查了杜子美的手机。她承认这样做很不道德，可她又没办法确定自己把一颗心交出去，对方要不要收。

杜子美果然是没打算收的，他和前女友复合了。

石榴质问，也只换来冷冰冰的一句：我以为这是我们的共识。

是共识吗？什么时候达成的，石榴都不知道。

她快速找了个异性朋友，拉到杜子美面前，炫耀一般地说：真巧，我也和前男友复合了。

好像只有靠这样，才能扳回一局。

杜子美冲着她笑。

和十多年前那个少年一模一样。

可这一次，石榴只看到了讽刺，瞬间觉出自己幼稚。他是从少年时代一直都这样呢，还是后来变成了这样？

没有答案，原来自己从来都不认识他，更妄谈理解。

她心里恍然生出一股颓丧之感。如果时间可以倒流，她一定不会再主动添加他为好友。

四

石榴把一整盘瓜子嗑完。

我听着她噼里啪啦的节奏，突然想起我以前也对一个男生有过异样的情结，只是因为他能用不同的方式解答出难度系数极高的数学题。我觉得那样很酷。

后来我学文，彻底抛弃了数学。后来也见过他，他做了老板，承包了工程，生活光鲜。我见过他周旋于客户之间谈笑风生的样子。

可不知为何，我总是想起那个沉默地背对我们，站在黑板前面解数学题的男孩。还是觉得那样比较酷。

我没有对他说。

有些场景是自带"回忆滤镜"光环的，其实那真的不过是个普通的笑容，瘦弱的身影，可因为承载了某一时刻的心动，从此就住成了心底的遥不可及。

我问石榴，如果可以重来，"记忆恋爱"，还谈吗？

她笑了笑，谁知道呢？一脚踩下去，得踏出痕迹才敢告诉别人你走过这段路，更何况是爱情。

原本就是为了抱团取暖才在一起的，你又哪里敢指望一个拥抱就是一生呢。你爱你自己，我爱我自己，两份爱从来没有交融在一起，谁敢称之为爱情呢？

你爱你自己，我爱我自己

一

在一个城市里举目无亲是什么滋味？毕业后就很容易体会得到了。正因为此，别人给你一点好意就显得格外珍贵。

大概就是把这点珍贵看得太贵，贵到好像必须得拿爱情来相配。于是，西柚小姐就这么和C先生在一起了，真巧，俩人还同姓。男女之间最初互生好感的时候，什么样的巧合都能被夸大成缘分。说起来，C先生给的也没有多珍贵，左不过就是在工作的时候帮了一些忙。可一个人的心思想要荡漾的时候，就总会给自己很多理由，划出自己在对方心中的不一样。

至于到底有多不一样，你得在一起才知道。

说不上是西柚小姐追的C先生，还是C先生先呵出一口暧昧的气息。总之一切来得顺理成章。练习牵手，不用预谋的拥抱和接吻，还有不张扬的约会和放肆的甜蜜。

恋爱真的很好，可以把陌生人变成伴侣，从此举目有亲。

以至于，西柚小姐有阵子觉得堵车都没有那么讨厌了。

她住在郊区，距离公司有一个多小时的车程。这个城市在修地铁，拆完东边挖西边，路况日日瘫痪。西柚小姐每天早上六点半就要起床，这还是在天气正常的情况下。最怕遇上阴雨暴雪天气，公交车卧在路上又懒又臃肿。有一次，也是那么个偏向糟糕的天气，距离公司还有两站路的时候，堵车了，眨眼十分钟就过去了。

西柚小姐不停看着表，如果现在下车，还能跑步冲向公司，保证不迟到。再晚一会，就只能眼睁睁看着自己的全勤奖在湿乎乎的天气里被雨水冲走了。虽然没有多少钱，但她心疼，这是日复一日的早起换来的。

车上已经开始骚动，有乘客询问公交车司机可不可以开门。当天的司机是个很严肃的师傅，他冰冷地拒绝了，说到站才能下车。

可到底何时能到站呢？也许下一秒钟路就畅通了，也许还要再等上十分钟。

不知为何，西柚小姐觉得自己这等待的姿态颇有几分像《一个陌生女人的来信》里的徐静蕾，只是徐静蕾等待的是一个男人，她等的是什么呢，没准也是一个男人。

想到这里，她并拢了刚刚因为穿高跟鞋疲累而弯曲的双腿，靠着扶杆站好。似乎是想到一个人，姿态也要优雅起来。

这时候，又有个姑娘大声地说：师傅，拜托开下车门吧，我要迟到了。严肃师傅回复如旧。他话音刚落，姑娘已经带了哭腔，用无奈和愤恨的语调吼道：我这样子每天迟到，我还上什么班呀，工资都扣完了。

西柚小姐心里一颤，公交车又开动了。

一到站，姑娘率先冲出去。

待西柚小姐下车，只能看到姑娘在前面飞奔的身影。她也穿着高跟鞋。

这一刻，西柚小姐想的却是，不知道她有没有男朋友。

二

西柚小姐还是迟到了，到了公司之后，她发现 C 先生没有来上班。打电话，关机。发微信，不回。西柚小姐担忧了起来，她想打探一下 C 先生是不是请假了，但因为两人刚在一起，这段办公室恋情还没公开，又有那么点不好意思。只好在心里揣摩着赶紧熬到中午下班，请了假去看 C 先生。

可还没等到下班，C 先生来了，不是来上班，而是交辞职报告。他应聘到了更好的工作单位，待遇极好，只不过，工作地点在苏州。

他从来没跟西柚小姐说过这件事，即便他们昨晚还在一起吃饭。他们坐在公司楼下的星巴克。有穿着时髦的女孩子买了杯美式咖啡急匆匆走出去，西柚小姐注意到她背的 LV 手袋，还有一对小情侣从窗外打打闹闹地走过去，脸上的笑容怎么看都不觉得乏味。

这个城市真好，虽然不及一线那么繁华，但足够承担得起每个人的脚步，虽然有时候也会抱怨，但总归也说不上讨厌。就和眼前这个人一样。

C 先生说：我们分手吧，我不能要求你跟我一起去苏州，我也没信心坚持一段异地恋。

西柚小姐用指甲抠着手心，一下一下的，她一紧张就会做这个动作。也许是看她半晌不说话，C 先生又试探着说：我们在一起还不到两个月，感情还没那么深厚，对你来说……

西柚小姐打断他：你既然要辞职，为什么当初还要选择和我在一起？

C 先生沉默了下：之前还没有这样的机会。你知道，我们俩条件都没那么好，有些机会难得……但是，你相信我，我对你是真心的。

西柚小姐起身拿包走了，她在这个城市里待了还不到一年，在公司里也只是个小策划，那样的 LV 包包起码得花掉她两个月的工资。她什么时候，才能拎得起呢？

不知道为什么，她好像并不难过。就像以前读书时候谈的那次恋爱一样，对方表白，她觉得那个男生笑起来挺好看的，宿舍的姐妹们都有对象了，她就接受了，毕业之后，男生考上了老家的公务员，两人和平分手。听说，对方现在已经快要结婚了。

这一次，对待 C 先生，她觉得有点不一样，那种依赖感是真实的。但凭心而论，如果 C 先生今天不是要分手，而是要她等他，或者一起去苏州，她就能答应吗？或者说，她要求 C 先生留下来，他能同意吗？在他心里，他们之间原本就没有多么深厚的爱情基础，她该是连挽留的资格都不具备吧。

说到底，C 先生的规划里没有她，她的未来里也还没有计划过他。只不过那时候她刚好觉得冷，他就给了她一件衣服。两个人在一起，总归是要多一点温暖。对于 C 先生而言，西柚小姐爽朗不计较，有个这样的女朋友似乎也不错。

回想起来，俩人在一起吃饭逛街看电影，但从来没努力为对方做点事情，哪怕是一餐饭。他们没想过分手，但终有一天是会分手，不管 C 先生去不去苏州。

原本就是为了抱团取暖才在一起的，你又哪里敢指望一个拥抱就是一生呢。你爱你自己，我爱我自己，两份爱从来没有交融在一起，谁敢称之为爱情呢？

西柚小姐觉得自己似乎从来没有遇见过爱情。

我们有时候，会因为孤单而选择和一个人在一起，用恋爱来营造一种拥有爱情的假象，可假象就是假象，谁爱谁知道。

感情不过就两个字，有时候却要解释一辈子。

爱我少一点，爱得好一点

一

泡芙喜欢吃泡芙，因为它又软又甜。

齐烨喜欢泡芙，是因为她又甜又软：说话的时候总是很温柔，眼睛亮晶晶，笑起来甜滋滋，像个不谙世事的小姑娘。

有时候，齐烨看着泡芙，会觉得她像是哪里跑来的小狐妖，一言不发地坐在那里，听着自己说话，停顿，喝水，吃东西。也不知道聊了什么，反正跟泡芙在一起的时候就觉得时间没有重量，每一分每一秒都是柔顺地滑过去的，泡芙永远不会咄咄逼人，也不会跟他提条件，甚至都没主动找他帮过忙。

泡芙就是泡芙，仿佛是属于他的什么，又好像什么都不是。

反正他的所有话都可以说给泡芙听，这样子看来，泡芙更像是他的树洞。

齐烨新近交了个女朋友，能说会玩，永远有新鲜花样，扮得了知心姐姐，当得了夜场女王，偶尔也能尝试一把小清新。虽然这些类型的女朋友他都交过，但能这么完美融合于一体的，还是只有这一个。

　　有一次在酒吧里，女朋友唱了一首《明明白白我的心》送给齐烨。她在台上浅吟低唱，闭着眼睛，深情款款，红唇在灯光下生出一种别样的妩媚。齐烨咂摸出了一句"桃之夭夭，灼灼其华"，心跟着手里的酒杯晃了一下。

　　这才是妖精应该有的样子，他之前怎么会把泡芙当成小狐妖呢？

　　说起来泡芙，他已经有阵子没见过她了，最近的心思都花在琢磨女朋友的惊喜上了，也就想不起来去找泡芙了。

　　他不去找泡芙，泡芙是不会主动打扰他的，电话都很少打。

　　他找了个脱身的理由，把女朋友送回去，转身就去了泡芙家。

　　泡芙发着烧，卧在沙发上，门都没有锁。

　　他要带她去医院，她始终咬着嘴唇蜷缩着摇头拒绝。

　　齐烨上前一步，试图抱她去卧室。他刚靠近他，泡芙就把他推开了。

她冷冷地看了他一眼，说：你走开。

齐烨当然没有走，他虽然不知道她闹什么脾气，但也做不到对她不管不问。

泡芙吃了退烧药，睡着了。

他把她抱起来，她穿着成套的棉睡衣，头发扫在他的手臂上。

泡芙是写网络小说的，常年伏案写作，也不爱运动，不像他的历任女朋友都有紧实的身材。她肉肉软软的身体贴着他的胸口，齐烨莫名有一股悸动，他感到自己脸红了。

他们认识八年，这是他第一次抱她。

二

因为发烧，泡芙的嘴唇干到起皮。齐烨用棉棒蘸了水一点点滴上去，他不擅长做这样的事情，水珠顺着泡芙的下巴往下淌。

齐烨觉得自己像是在笨手笨脚地浇灌一株小幼苗。他突然想起来自己以前发烧的时候，泡芙大概也是这么照顾他的。

他不常生病，算起来一共也没几次。可是好奇怪，这些年他身边从来没有缺过女朋友，为什么每次都是泡芙在照顾他？

他记得那年泡芙拉着行李箱来找他，说是在这个城市找到了工作，让齐烨帮她租房子。她摇着他的胳膊：师兄，以后你得罩着我。

他们并不是一个专业的，跟的也不是同一个导师。但是因为齐烨跟泡芙的同门师兄住同一个宿舍，泡芙也就顺口叫了。

他也懒得纠正她，一个称呼而已。

他那时候不喜欢这种甜腻腻的女孩子，泡芙的长相也不符合他的审美，除了眼睛大，整个人都是小小的，都读研究生了，还穿泡泡袖的裙子和帆布鞋。

他当时怎么也没想过她后来会专职写作。

刚过来那阵子，她在一个报社工作，跑社会新闻，每天扎着马尾穿着牛仔裤，装扮得比读书的时候还要朴素。

齐烨嫌弃地说过她好多次，女孩子毕业了要懂得拾掇自己，这样子哪能找得到男朋友。他也帮她介绍过几个不错的对象，她总是一副兴致缺缺的样子，后来他发现只要给泡芙介绍一次对象，泡芙就有好几天不想搭理他，他也就懒得掺和她的事儿了。

有一次他去见客户，路遇她做街头采访。那天太阳特别晒，他透过车窗户都能看到她的脸晒得通红，可还是一只手高高地举着话筒，挂着笑容，笔直地挺着身子，小白杨一样的，又倔又拧巴。

接触得多了，倒也不觉得她黏腻，和以前印象中的不太一样，并且还能聊得来。尤其是吃东西的时候，她鼓着腮帮子还耐心听他说话的样子，竟然还蛮可爱的。

这么一回忆，齐烨觉得自己了解泡芙还挺多的，知道她喜欢什么讨厌什么，记得她的生日，每个节日都会给她买礼物，甚至包括儿童节。

他说不上自己对泡芙的感觉，对待她像朋友，像哥们儿，也像妹妹。但是从来没想过跟泡芙恋爱会是什么体验，泡芙不符合他对另一半的要求，不管是外貌还是内在。她长得不漂亮，内心不够成熟。可是莫名其妙的，他烦躁的时候，在这个城市里唯一想找的人就是她。就是跟她坐着，哪怕不说话，看她吃东西，聊聊她写的小说就觉得很好。

人就是这么奇怪，感情不过就两个字，有时候却要解释一辈子。有些人能有一辈子时间去解释，有些人没耐心了，转身就去找另外一个可以一辈子的人了。

三

泡芙翻了个身，哼哼了两声。齐烨帮她盖了被子。这一刻，他又觉得自己化身为泡芙老爸了。

她的电脑没关，打开来就是晚上更新的小说页面。

齐烨从前完全不感兴趣，虽然知道泡芙在网上还蛮受追捧的，可在他眼里，那些儿女情长的东西，没什么可看的。

但因为现在没其他事情可做，也就看了下去。是个暗恋的故事，很长，一遍看过去，只记了个大概情节，可故事里的女孩说了一句话，让他打了个冷颤。

"从很爱到不爱需要多久？也许就是发个高烧，一觉起来烧退了，连带着感情也烧煳了。"齐烨看着睡熟的泡芙，冷不丁地想，这会不会是她真实的感受，一觉醒来，就打算把对他的感情烧没了。

他当然知道泡芙喜欢他，可起初，他不喜欢她，自己也是知道的。

可现在呢，是喜欢还是不喜欢呢？他有点摇摆不定了。泡芙对他来说肯定是不一样的，否则他不会从来不带她跟自己的那些女朋友见面，他是在乎她的感受的。

有些爱，看起来理所当然，其实是最昂贵的，因为只要给予爱的那方想撤退，另一方连挽留的资格都没有。想到这里，他倒有点害怕了。

如果这个城市里没有泡芙，会有其他的女孩子，可以做女朋友，也可以做知己。但没有一个人是泡芙。

他扭头看她，又觉得她像个小狐妖了，表面上一眼就能看穿，但因为让自己的心捉摸不透，又有那么一点神秘感。

他不停地翻着她的网页，他知道她因为写作的缘故，注册了各种社交账号。他迫不及待地想从细枝末节中得到些什么。

还没有等他找到，泡芙醒了。

她坐在床上，抬头看他，眼睛依旧是亮晶晶的：你这个女朋友身上的香水味挺特别的，我都闻不出来是什么牌子。

齐烨抬起胳膊，闻了闻自己的衣服。

没容他说话，泡芙的眼泪就流了下来，她伸手擦，还没擦完，又流出来了，两只眼睛成了两眼喷泉。

齐烨上前帮她擦泪，她抽抽搭搭地说：我想吃泡芙，你去给我买吧。

齐烨打断她：你生病了，不能吃太甜的，我熬了粥一直温着呢，我去端给你。

他转身的那刻，看到外面黑黢黢的天空，天还没亮，也就是说，还有时间，跟泡芙好好将一将他们之间的感情。他甚至还想到泡芙让他走的原因，是因为他身上的香水味吧。她一直研究各种牌子的香水，却从来不用香水，他以前以为她只是爱好收藏，现在看来不是。她想收藏的大概只有他吧。

怎么办，他好像真的爱上泡芙了。甚至想着要不要做个书生，来配小狐妖。

也许就是所谓的日久生情，也许是习惯成自然，现在，他只有一个念头，得把泡芙留在身边，趁着她还没走，不管是人还是心。

你可以说齐烨自私，也可以说泡芙怯懦，可我们谁都不是天生的恋爱专家，爱情又不能像考试一样，复习预习等待答题通关。

无论恋爱多少次，没遇到爱情之前，你我都还是新手。

新手就是有错就改，有机会就抓住。

希望你的爱情，不要像我，也不要像她。你想开花就有花，哪怕你不想开花，也有人愿陪你做个小芽。

我还有等爱的热情

一

我坐在街心公园的长椅上，把一个草莓味的小蛋糕一口一口吞咽下去。我不嗜甜，经常是奶油吃多两口就会反胃，尤其是晚上。不过无所谓，我最近经常失眠，有足够的时间让蛋糕消化掉。就像《小王子》里，蟒蛇把它们的猎获物不加咀嚼地囫囵吞下，尔后就不能再动弹了，它们就在长长的六个月的睡眠中消化这些食物。可惜的是，作为一个资深胃病患者，我从来不能靠睡眠消化食物，那样只会加剧疼痛。

旁边的小广场上，有一群阿姨在跳广场舞。昏黄的路灯下，她们的神情、衣着，看起来都一个样，却觉得异常放松。某个瞬间，我特别想加入其中，可观察了一会儿舞蹈动作，对我来讲，似乎也没有那么容易。只好站起来，往回走。

走到公园出口的时候，广场舞曲恰好切换到信乐团的《死了都要爱》，声嘶力竭的声音和着夏日凉风传过来，"死了都要爱，不淋漓尽致不痛快……"

我赶紧加快了步子。

上次听这首歌，印象中还是和他在一起。

那时候，我们已经认识许多年，关系正处于所谓的"友达以上，恋人未满"。他经常在深夜给我打电话，喝醉了似的说很多话。我就站在宿舍的阳台上，吸一口夜半的凉气，冻得哆哆嗦嗦，还要故作镇定地跟他说：我讲个笑话给你听，你快点停止难过。他有时候会"吃吃"的笑我傻死了，我就抬头看看天空，插一句：我这边有星星，你那里有吗？

不知道他有没有听到我说，反正他从未回答过，我也就不提。在他身边太久，久到了解他的一切，一切以他的喜好为准则，需要安慰的时候就守候，不该过问的只字不提。

有时候我疑心自己是一只蘑菇，因为他长成了伞状，就再也没有变换过形态。

他不快乐，我知道。可我因为他，变得不快乐，他却不知道。

有天晚上，他工作遇到难题，走在路上打电话给我。仅仅是一声"喂，是我"，我就听出他语气里的寥落。喜欢一个人，直觉都会敏锐到为爱铺路。与他有关的一切琐碎，都要放大到每时每刻缠绕着生活。

我说：你等我。放下电话就往外冲。

我见到他的时候，他就坐在西广场的喷泉池边。我们以前经常去那里，却很少见到喷泉开放。我总是念叨那里的泉眼肯定是盲的，要遇到导盲的人，才能让其明亮，泉水才会喷洒出来。

他咧咧嘴角：你怎么总是有那么多稀奇古怪的念头？我就摇头晃脑：因为我聪明呗。

我蹲在他面前，看他抽完一支烟。猩红的火光像信号灯一样，只是不知道明明灭灭着什么内容。

那一瞬间，我突然很想抱抱他，只是单纯地抱一下。眼前这个人，我喜欢了这么久，久到不舍得退一步，不敢进一步。他的一丁点难过，我都想分担。夜那么暗，如果我只有恒温36°的温暖，我也想给他一半。

可我什么都没有做，只是蹲在那里，依旧像个蘑菇。

后来，广场有人拿手机开始放《死了都要爱》。他蹙眉，说：我们走吧。我知道他不喜欢这样吵闹的歌曲，我跟着他听不知名的英文歌。但其实，我挺喜欢信乐团的，爱都在歌声里释放了。

高声表达，才能有听到的机会吧！不像我，从来得不到这样的机会。

我俩沿着马路走了很远。他突然对我说，他要和某某复合了。某某是他的前女友。那时候，我不太愿意记得她的名字，虽然他那些深夜的电话，聊天的主题多半都是某某。

他俩因为种种误会而分开，他颓废许久。这些，我都清楚。可我高估了时间的愈合能力，以为它是往前走的，却忘了不是所有人都和我一样不喜欢回头。我更高估了自己。

我抓抓头发，扯开一个大大的笑容，说：那很好哇，那你还不开心什么？害得我大老远跑过来陪你。好啦，我要回去了。

我转身就跑，生怕慢一步就要把泪带出来。

回去时我坐了双层巴士，看得到红男绿女，各有爱意，灯光缭绕，把城市掩盖成谜。

二

奇怪的是，那天夜里，我竟然睡得很好。

后来，我不再接到他的深夜来电。我平静了许多，不疾不徐做自己的事情，还考了两个证书。室友嘲笑我，完全是从情痴到学霸的大进阶。

和他之间唯一的一点关联就是他生日的那天零点，我给他发个短信。只有四个字：生日快乐。空落落立在那里，没有句号，没有终点。

也说不上完全没联络，我打过一次电话给他，也是在夜里。那阵子，我遇到些很难熬的事情，心思挣扎，只是想找人说说话。

就想到了他。

是冬夜。他问我有事吗？我一时语塞。

"某某在我家呢，我在外面接电话，好冷，没事的话就先挂了。"他语速极快。

只不过这次，我率先挂了电话。

想起并不久远的日子之前，我还站在阳台上接他的电话，压低了声音，怕吵醒室友；披着厚厚的棉衣，依旧冷得发抖。

我突然笑了出来，笑着笑着眼泪大颗大颗往下掉。

如果你也曾不幸有过这样的体验，所谓掏心掏肺喜欢一个人，更像是一场令人不齿的笑话，牙根都会生寒，要该怎么将自己七

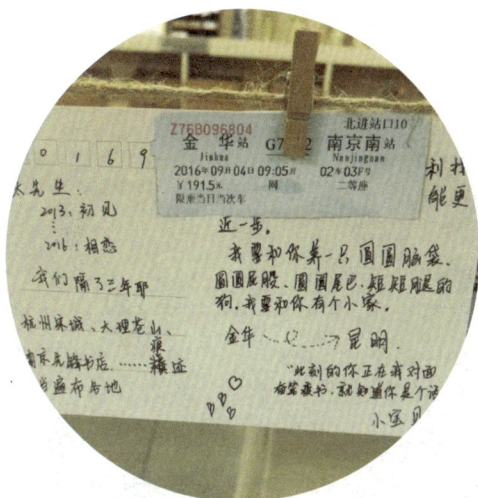

"我想和你有个小家"，写下这句话的女孩子一定有毛茸茸的头发，亮晶晶的眼睛。

捡了几枚好看的叶子，送给你做书签。

杯子坏了。没关系啊，可以拿来种花。
我坏了呢。没关系啊，我会让你重新好起来。

我的果汁，分你一半。

你的一半，也要记得留给我。

微雨天，去看花。桃花树下，有妈妈
在教自己的小女儿学话。落英缤纷。

零八碎的心拼凑完全？

我没有拼凑，只是不动声色地往前走，做了很多事。工作，离开，去我喜欢的城市。

蟒蛇用六个月消化掉食物，我用三年消化掉他。

只是在我生日的这个晚上，我想独自一个人待着。只吃蛋糕，不用吹蜡烛许愿。因为我已经长到了相信愿望不是许出来的，而是任其在心里自由生长，我只负责为其灌溉施肥的年龄。虽然白天已经和许多人一起热热闹闹地度过，接过了别人给予的许多快乐。但我还想，自己给自己一份快乐。

回到住处，我收到了一条短信。

是他发来的，很长的一段话，最后是一句"生日快乐"。

我们已经很久很久不联络，我不想花力气猜测他的任何用意，删了短信，没有回复。从前的很多年，我发给他的"生日快乐"，也像这样没有被回应。

我们就这样，在茫茫人海里用同样的方式了却了彼此的关系。

那一刻，我甚至很难想象，我曾经为一个人，做到那样卑微无力的地步，以至于无视了自己。

三

三年后的我，没法在这件事上和曾经的那个我妥协。当我和朋友提起，她说，单恋总是容易陷入卑微，谁都不曾例外。可若没有那样一个人存在，连"喜欢"都没有经历过的青春，岂不是太乏味？

我和她盘腿坐在她家的地板上喝酒。彼时，我刚刚写完一个故事的结局，喜剧，Happy ending。我跟她讲这个故事的立意。末了感慨，现在就喜欢这样大团圆似的俗气。

她反问，俗气吗？才不是。有多少残缺曾逼你泪流，有多少过往让你在夜里消不了愁，就想要多少圆满打开脸上的笑涡，就想要这一生花开有果，道一声"我爱你"，不用换回一句"对不起"。

我听她说这样的话，语气里却没有丝毫凄怨。在这之前，她刚和相交七年的男友分了手，抱着我哭过一次又一次。

我们把一瓶酒喝完。她醺醺然歪在一旁的沙发靠背上。电视里正在放一部美国爱情电影《闰年》，好多年前我看过，只记得画面极美。正放到婚礼的场景，新娘动情地说着结婚誓词：我想对你说，希望你永远不会偷窃、撒谎、欺骗。但是如果一定要偷窃，请偷走我的悲伤；如果一定撒谎，请在此生每个晚上与我同眠；如果一定要欺骗，请欺骗死亡。因为没有你的日子，我活不了一天。

我说：我想要这样的爱情。

她附和：真矫情啊，可是怎么办？我也想要。

所幸，我们都还相信爱与被爱。哪怕黑夜里灌满了风，也会坐在风口等天明。相信只要把所有臃肿的日子都过完，就还有苗条健康的每一天。马不停蹄地踩着过往，心心念念地拥抱未来。谁也没有停下。

但我还是希望，你的爱情，不要像我，也不要像她。你想开花就有花，哪怕你不想开花，也有人愿陪你做个小芽。

你有一颗心，我也有一颗心，交融在一起，却没有揉碎。

我想和你一起生活

一

　　樱桃站在洗手台前，看着上面放着的漱口杯，一白一粉，凑着头挤在一起。她记得当初硬要让向恒用粉色的漱口杯时，他不情愿地把牙膏泡沫弄了满脸的样子。那时候，他并不怎么反驳她，无论她说什么，他都觉得可爱，哪怕是明明可气的事情，左不过半个小时，她觍着脸过去逗个趣撒个娇，他就不生气了。她自然认为他好哄，两个人也确实没遇到过剑拔弩张的时刻，吵架从来不过夜。这是他们定下的规矩，无论吵得多厉害，睡觉前必须和好。

　　隔夜饭伤胃，矛盾过了夜，再调和就费力气了。

　　可是昨晚，这规矩被打破了。

　　吵到沸点，向恒夺门而去。她一个人坐在沙发上，也没哭。不知道什么时候起，就不爱哭了，哭多了脑袋疼。她现在缓解压力的方式是睡觉，可心里存着事儿，也睡不踏实。梦到一起去爬山，向恒走在前面，没有拉她的手。她不小心踏空了，往下滑，她叫向恒的名字，向恒坐在高高的地方，就是不回头，留给她一个空荡荡的背影。她叫了很多遍，喉咙都哑了。漫山起了雾，把她罩起来，她感觉自己越来越小，视线模糊，也看不到向恒了。就在绝望的时候，向恒又出现了，他拉她一把，同时还不忘奚落她笨。

天快亮的时候，樱桃被冻醒了，干脆起来收拾东西。她不知道要不要和向恒继续在一起，昨天本来是去参加向恒哥们儿的婚礼，新娘子怀孕了，婚纱已经遮不住孕肚。

樱桃不知怎么别扭起来，回家就对着向恒发火：你是不是不打算娶我了？

向恒觉得委屈：说好了，再过两年结婚的。我们现在还住着租的房子，拿什么结婚？

樱桃听了就更加生气，把所有厉害的话都往外倒，也不知道说了什么，就是硬着头皮站在那里，像个不倒翁，看起来不会倒，却又摇摇欲坠。

她知道，向恒只要过来抱抱她，哄一下，也许就好了。她就是害怕，她不想有一天挺着孕肚结婚，以前觉得两个人在一起就行了，可开心，可不开心，没有约束。无所谓什么时候结婚，反正也不着急。

她从来没介意过向恒有多少存款，有没有房子，有没有车子。向恒爱不爱她，她是清楚的。反正有情饮水饱，只要他爱她，她就觉得什么都好。

向恒没什么浪漫细胞，爱打游戏爱玩，近三十岁的男人，还像个大男生，每天刚睡醒的时候，头发乱蓬蓬抱着她，还是像学生时代一样，让她觉得温暖又放松。

向恒是一个身上没有戾气的人，她大概就爱他这点，无论怎么折腾，他眼窝里都存着一点少年气。

可正是这点少年气让她觉得窝火。有时候忍不住埋怨他不成熟，总是随随便便就把钱借给旁人，对待工作也没有企图心，也不是不上进，就是没有她想象中的成熟男人该有的稳重样。

我们往往会因为一个人的优点而爱上这个人，可优点有时候也会成为弱点，这不矛盾。

二

樱桃把自己的衣服从衣柜里取出来，再把向恒的衣服重新理好，他白色的 T 恤上印着熊本熊的图案，青春气息扑面而来。

少年始终是少年。

她心下含糊，很多情绪在胸口憋着，像是委屈，又像是不甘，也有几分觉得自己无理取闹。平心而论，向恒从来都对她很好。她也爱他，从第一次牵手开始就想过一起变老。可就是不知为什么，一切都发展得平顺安稳，却总是看不到一道明亮的光，可以兜头照在身上。她就想要这么一道光，可以站在下面，无论是哭还是笑，就是能让人觉得温暖。

虽然她也不知道这道光是什么。

她记得实习那年，她被分配到一所很偏僻的山村小学。当时班里很多同学都不愿意去，身为班干部的她为了不让辅导员困扰，主动请缨。向恒知道后，拍拍她的脸说：我们家宝宝真厉害。那时候，向恒也在实习，做技术研发，每天累到打战，可还是会给她打电话，有时候嘟囔着说一句：宝宝，我好累呀，说完就睡着了。

她在这边，听着他的鼾声，过一会儿才舍得把电话挂断。

实习不过三个月，向恒却去看过她很多次，给她买各种吃的，看到她住宿条件不太好的时候，紧紧抱着她说：辛苦了。

相处总是有感情的，哪个缝隙里都能扒拉出一段过往，稍微一打量，就要陷进去。

三

樱桃想过要跟向恒一起养一只狗。樱桃喜欢拉布拉多，向恒喜欢秋田犬。两人争执不下，猜拳也打了个平手，干脆决定养两只，让拉布拉多和秋田犬做朋友。

这些年来，他们从来没有要求一方为了另一方违背自己的心愿，无论任何时候。樱桃会咋咋呼呼地跟向恒开玩笑，让他用讨厌的粉色，给他穿毛茸茸的袜子。向恒也会故意逗她，说她的口红色号难看，看她气鼓鼓地跑过来捏他的耳朵。

所以，当她觉出自己有改变向恒的意念的时候，有瞬间的不可控感。她爱他，爱他本来的样子，却企图把他变成另外的样子。

樱桃觉得自己可怕，可她又气向恒为什么没有跟着时间一起从青春长到成熟。她纠结地站在客厅里，太阳已经升起来了，屋子里还留着昨晚争吵的残渣：她撞到茶几，把杯子打碎了。

角落里放着向恒爸妈寄过来的脐橙，箱子拆开了，之前还想着要整理下，把运输途中损坏的挑出来，其余放冰箱。

她喜欢吃脐橙，每到季节，向恒爸妈就会寄过来。

两个人一起生活，不过就是你踏进了我的世界，还把我带入了属于你的世界。我接受你的世界，还想和你营造一个新世界。

我们保留着回忆，每天也塑造着新生。

樱桃依旧站在那里，不过几个小时，却觉得过去了很久很久。

门铃响了，向恒拎着早餐站在门口。他过来拉她的手，手心里还带着外面的凉气。

向恒把早餐放下，看着樱桃说：我已经打电话跟几个哥们儿说了，我要结婚买房，让他们尽快把钱还我，加上这几年的存款，应该可以付个小户型的首付。我们结婚！

樱桃一下子崩溃大哭，她抱着向恒的脖子，想起麦兜妈妈对麦兜说的话：得到的已经很多，再要就是贪婪。

忽觉生活琐碎皆可原谅，幸福本就无大事。

那就原谅我们心底时不时出没的矫情和不安全感。你有一颗心，我也有一颗心，交融在一起，却没有揉碎。

你的心偶尔觉得没有光亮，我也会间或看不到希望。可是啊，爱本身就能制造希望和光。

那不如，我们一起生活？

第 四 章

世间

一切都是美好的安排

有一天，我们轻描淡写诉说往日贫瘠岁月，把心酸故作若无其事铺排成篇，心里却总有一个念头，想要让现在这个略微强大的自己去伸手驱赶一下当年的无助。

取一瓢人间爱意

一

我 20 岁的时候在做什么？

还没有人生规划，在大学里吃吃喝喝，没有很强烈的悲欢观念，却抱着浓厚的幻想心态，理直气壮地觉得未来就是在心中种了棵西瓜苗，我想让它结出西瓜，就肯定能结出西瓜。虽然我从来没有认真观察过西瓜是怎么生长的。

这么看来，年轻的幻想还蛮泼皮无赖的，只知道伸手问生活讨要，又不给自己准备一丁点皮糙肉厚的装备。只会觍着脸叫嚣我有梦想，我一定可以。

不知道这是不是大部分人的生活，但肯定是普通人的生活。

那时候，我还不甚清楚，普通人的生活之下，还有一层又一层的皮相，骨骼凛冽，满脸凄惶。或者说我知道，但仅仅是知道而已。

我没有把脚踩在泥泞里往下滑过。我只是站在平地上，哪怕遇到雨天没有伞，也顶多淋个浑身湿透，还会再晒干。痛苦也痛苦得有限。

可琳琳不一样，她在 20 岁的时候已经练就了痛苦打在身上也能让其转个弯从另一个角度落下一束光的本领。

她开了家花店，空间小到不能再小，花儿的品种却是那一整条街道的花店里最丰富的。

我还记得自己第一次是去买了一束满天星，粉色的。她拿了麻绳和包装纸仔仔细细帮我整理好，虽然我已经说了回家就会插瓶，不需要那么精致。她还是侧着身子认真地包装着，花房虽小却布置得清新，周围的向日葵、康乃馨、乒乓菊蛮舒展地待在自己的领地，瓶子里的插花也都搭配得当。除了花儿和老板，好像我这个客人最多余。

我百无聊赖地看花儿。她已经把花束包好，递给我说，送给自己的花儿，更要精致。

这句话让我忍不住打量了她一下。异常安静的女孩，妆容很素淡，唇色也是浅浅的。马尾高高梳起，像个大学女生。

她试探性问我可不可以扫下二维码加她微信，小店新开张，希望能够多一些客户，又有点害羞地说：你是第一个来买花的。

我想不出任何拒绝的理由。

从那以后，我就固定在她店里买花。她打的花束好看，有些拿来做陪衬的花草，我叫不上名字，问她，她都说得清楚，还能带出来花花草草的前世今生。

她讲得详尽，我听得潦草。花多色繁，当真一一记下，也是太过庞大的学问，她却喜欢也擅长。于是，我在路边遇到不知名的花儿，也会拍下照片，向她请教。她也并不认得全，却总是应承要帮我查。我在她的花店里看见过大部头的花卉大全，是个愿意认真做功课的女孩子。

那时候，已近六月，空气灼热，鲜花不易存放，我去的频次少了许多。

有次路过，看到一个女孩子蹲在地上整理玫瑰花束。

是她，又不像她。跟她打招呼，却不认得我。

我看着那张明明跟她一模一样的脸，不知道哪里出了问题。还是那姑娘站起来说：你找我姐姐吧。

我才知道，琳琳竟然有个双胞胎妹妹。近距离看，俩人除了容貌一样，神情装扮都不是一个路子的。

妹妹穿搭很时尚，头发挑染成亚麻色，看人的时候神色坦然，而琳琳总是带了几分羞涩。

那一刻，我突然想，假如琳琳没有那么早就外出打工，而是和妹妹一样读书，会不会有和现在不一样的秉性，不一样的神情？

二

琳琳高中没毕业就外出打工了。这是熟识了很久之后，她才同我讲的。很常见的农村家庭分配状况，经济条件有限，不能同时供两个孩子读书，做姐姐的琳琳选择退学。从南到北，从流水线工人到服务生到收银员。

遇到过不那么友善的客人，直接拿热水泼过来，她伸手挡了下才不至于泼在脸上。她有点心酸地笑笑，向我比划着，手臂被烫伤了，所幸没留疤。也有过不那么走运的时候，交不起房租被房东赶走，拎着行李遇上大雨倾盆。

"你知道我那时候的梦想是什么吗？说起来傻死了，我想要每天都可以有肉吃。有一段时间在一个冷饮店打工，中午管一餐饭。老板是个抠门的女人，每天都让后厨只给我们做萝卜白菜炒青菜，我都快吃成兔子了。"她自己说完，腼腆地笑笑，就又继续去摆弄花束了。

那时候，她已经学会了合理利用朋友圈。每天都在发花店讯息，新上了什么花儿，有哪些花儿有优惠，集赞送花活动。她的售后服务也做得到位，凡在她花店买花的，一定会适时发微信提醒下什么时候该换水，是否需要加营养液。

一个做事妥帖的人，总是会让人生出好感的。她的生意好起来倒也一点不让人意外。

小花店老板娘，这个称呼加在一个年纪轻轻的女孩身上，颇有几分浪漫。尤其琳琳长相秀气，性情温婉，身上不带半分底层奋力拼搏后的挣扎感，接触愈久，愈觉得欣喜。

我问过她，是怎么做到砥砺磨难后还能这么平和的。

她说最难熬的时候，就把愿望写下来贴在出租屋的墙壁上。那些年的愿望只有三个：爸爸妈妈身体健康，妹妹安心念书到大学毕业，自己能够多挣点钱开家小花店。

"小时候，我们老家呢，漫山遍野的野花，我和妹妹总是采来做花环。后来到城市打工，经常看到花店，可是太贵了，从来没给自己买过花，哪怕一枝。"

她低头裁剪着花枝，我站在旁边像个索要故事的人。我们并肩，却没同行过。

有一天，我们轻描淡写诉说往日贫瘠岁月，把心酸故作若无其事铺排成篇，心里却总有一个念头，想要让现在这个略微强大的自己去伸手驱赶一下当年的无助。

三

　　琳琳倒不觉得自己无助，她信命，各人有各人的命。她喜欢这个阶段自己命运的走向，深切觉得能攒够开小花店的钱已经是上天眷顾。

　　虽然每天早早就要起床去进货，扎花的时候也会被花枝弄伤，偶尔会遇上斤斤计较的客人，要耐着性子不停沟通，这对生性腼腆的她来说，也是一大难题。

　　但这些，比起曾经苍白无靠的时光，怎么都说不上艰难。

　　经历过苦难的人，知道拿今天的自己和昨天的自己比较，好一点就会满足很多很多。有些人的生活看起来饱满，精神上却有很多缺口，填都填不完。还有一些人，是在干涸的成长里，一点点让自己饱满起来的，他们知道不可以有缺口，就会尽力在缺憾的长途里多给自己一些安全感。

　　前者有我，不知如何赘述这种困惑。后者一如琳琳，哪怕面对再苛刻的刁难，也不对人恶语相向，一是知道走到今天的不易，能踏上水平线已很知足，不敢也不能往后退一步。二是她自己说的，每遇到一个不讲理的人，就告诉自己哪怕没有多少学问，也可以做个明事理的人，平等待人，于人温和。

仅这一点，就让我觉得可以同她一直做朋友。

琳琳的双胞胎妹妹毕业后考进了银行，她得意地跟我报喜，我妹妹厉害吧！我忙不迭地送祝福。

后来，看她在刚注册的微博里发了一句话，如果真的有来生，让我做妹妹吧！

我不敢评论，也不知如何评论。我自以为没有缺口的她，也许只是掩盖得很好罢了。

她生日的时候，我送了她一大捧花，各种花朵交织，粉色红色蓝色相配，花团锦簇，希望她的世界也是。

我们回忆，只是因为经历过，知道好，知道不好。知道之后，好或者不好，还是要过自己的生活。

黑夜虽长，请别用来遗忘

一

"城市好像黑洞，将每个人吸纳进去，又不吐出来。"

说这话的是坐在我对面的林同学，他还没从失恋的打击里走出来，又接到了公司的外派通知。据他说是去个鸟不拉屎的地方，最少得半年。

他拉我们几个朋友过来也不是为了抱怨，更像是玩一种发牢骚游戏。大家把各自想要攻克的难题都建成小堡垒扔在桌面上，所有人围在一起开打，完了就舒畅了。

看起来有那么点弱智的游戏，总归是为一群成年人无处投递的伤感寻了那么一丝安慰。

成年人是不许难过的，也没谁硬性规定，更像是约定俗成。情绪外露是要被嘲笑的。你可以喝酒可以闷头大睡可以伪装成人精，但你不要说你很焦虑你很痛苦你很迷茫。这些词语会自动被切换成"你太敏感你没事找事你能力差"。

总之就是你是个成年人，你不可以情绪不好。

但在老陈这里，我们可以。

老陈五十多岁，离异。

他高兴的时候会跟我们说一些风花雪月的往事，适时植入一下那些年他看过的琼瑶语录，到现在，他也还是认同爱情里的至死不渝，用他的话讲，有些感情，就适合纯粹，但凡有一点杂质都是亵渎。偶尔兴致来了，也会讲他当年如何叱咤商界，大起大落的故事。

故事翻来覆去没新意，大家却也没烦过。

大概是因为老陈身上有那么一股子精气神儿，总是光亮着，能够照一照我们身上的疲沓劲。老陈能接受我们心情不好，牢骚充满房间，但不能忍受我们活得没精神。

他的口头禅是：年纪轻轻的，不要那么丧。训斥我们的时候就像对着不成器的小辈。我们乐意跟他讲讲工作和生活，他也喜欢大家坐在一起聊聊天。

我们觉得老陈是大靠山，他调侃自己是混迹于一群小辈之中的老人家。

老陈是真不老，心态年轻，人又风趣。我们虽然叫他老陈，却也从不愿把他恭恭敬敬端到长辈的位置，大家自始至终都没过代沟。

起初认识是因为我总在固定的时间去他开的茶餐厅，次数多了，纵使没熟络，也能点头问个好。

老陈有这么项技能，总能让两个完全不认识的人搭上线，只要去过几次他的茶餐厅。

有的人成了情侣，有的人做了朋友。因此我们都管他那里叫月下基地。

他也不是闲得无聊做这样的事情，就是打心眼觉得年轻人可以多认识些年轻人。

茶餐厅附近是写字楼，大家都行色匆匆，来不及去认识新的朋友。

老陈就自己把茶餐厅当成了交友平台，他乐得当个牵线人。

大家竟也真的能在这里找到同伴。有时候，下了班过来时，也可以拼个桌聊聊天。

偶尔凑成一对，老陈就觉得自己功德圆满。

就是这样功德圆满的老陈，有一天被诊断患了癌症。

我们知道消息的时候，他已经在医院里准备做手术了。头发剃了，穿着病号服，还是乐呵呵招呼我们坐。我叫了声"陈叔"，不是老陈。

他应声，身体套在病号服里，半截袖子卷着，露出手背上的淤青。

疾病从不给人留任何情面，不管是维持了多久的精气神都要在输液针走过的痕迹里瑟缩起来。

他依旧努力地维持着脸上的笑容，拍拍脑袋说：就是这里长了个不听话的小肿瘤，拿出来就好了。你们忙你们的去，不用总来看我。人这身体呀，就怕长一些坏东西，不过坏东西嘛，可以拿良药来治……

他极少这么絮絮叨叨，一直都是以酷雅的大叔形象示人，就怕跟年轻人在一起的时候会带有中老年教导主任气。

可现在，纵使他极力掩饰，也还是带着不由自主的慌张。

二

林同学在医院走廊尽头的窗口站着，太阳还没有完全落下山去，余温悠长。

他抹了把脸，叹口气道：这老头，真是又倔又让人来气。他当年跟我妈妈离婚后，就真的老死不相往来。要不是看他生病了，我真是不想原谅他这么多年对我的疏于照顾。我把姓都改得随我妈了，可就算不跟他姓了，他不也还是我爸吗？

我有点惊讶，接不了话。

我是真不知道他是老陈的儿子，大家平时在一起谈人生理想聊蹉跎岁月，但好像谁也没有深入过各自的生活。

就像是冷落街巷走了太久，信手推开一家酒馆，一杯酒相见欢，两杯酒做了朋友。谁也没有前尘，没有以后，情谊冷暖只荡漾在歇歇脚的这家酒馆。

我们以前以为，陌生人之间相处，能有这样的温度就够了。谁敢奢望太多。

可这一刻，看着躺在病床上的老陈和站着叹息的林同学，发现我只能躲在劝慰之后，无法开口的时候，多少有那么点内疚。

毕竟大家相处的时候，是真真实实在做朋友，只是都过于习惯把"不打扰"当成"礼貌"。

想到老陈曾奋力撮合我和林同学，我忍不住打趣：你别说，虽然你和老陈伪装这么好，从来不说你们的父子关系，但想到老陈当时使劲要我和你谈恋爱的热络劲儿，这真是亲爸啊，毕竟我这么好的姑娘可不多。

林同学被我逗乐了。

"陈叔会好的，他这么乐观的人。"

"嗯，也对，毕竟我爸撮合了那么多对儿，还没给自己找个好儿媳妇呢，怎么都说不过去。"

我俩就这么你一言我一语地打发掉了太阳要落不落的时间。

后来我又去看过老陈，手术很顺利，最后确诊肿瘤是良性的。所幸，上天还不算苛刻。

林同学被迫坐在床头给老陈读琼瑶的小说，有点无奈地抱怨：真不知道他为什么喜欢看这样的书。

老陈也不跟他计较，我也在旁边，有一句没一句地听着。

读的好像是《在水一方》。我中学时候看过，早不记得故事走向。

林同学到底读不下去，把书扔在一边去打热水了。

老陈把书拿起来，叹气道：那时候，小林他妈妈喜欢读琼瑶，总是赖着我给她念。后来倒成了我的念想了。

这么笼统的一句，没有再往下叙，我却懂了。一代人有一代人的故事。人生可以翻篇，可有些情感总会寻一个藏不住的时刻，跳出来，骚动着。

我们回忆，只是因为经历过，知道好，知道不好。知道之后，好或者不好，还是要过自己的生活。

三

老陈出院后，就把茶餐厅交给林同学打理了。他说要去当个快乐的农民，在郊区租个大棚，种蔬菜瓜果，余生也不算很长了，就好山好水好快活吧。

我们这种懒散的空想家总是赶不上实干派的脚步。我们以为他只是设想一下，他却已经双脚都迈出去踩在泥土里了，混合着青草香气，还有果蔬咕噜噜乱撞。

老陈有时候会打电话让我们去拿新鲜蔬菜，每次都要乐滋滋地加上前缀"纯天然无公害"。

我们几个人一起去他的快乐庄园。到了之后就完全停不下来，摸摸小南瓜，揪一把生菜叶子。

老陈跟在后面念叨：你们这些熊孩子，南瓜不能摸，会不长个儿的。生菜拔的时候要带根，好好摘了拿回家炒。

他穿着胶鞋，戴着草帽，看起来跟之前茶餐厅里那个衣着光鲜的老陈判若两人，精气神儿却比以前更足了。

我们一群人倒真不辜负"熊孩子"这个称呼，开开心心地对自己看中的食材下手，活脱脱把那里当成了农贸市场。

老陈得意洋洋：我这里不错吧。你们在这里可比在茶餐厅坐着的时候像个年轻人了。看你们以前就知道抱着个电脑坐在角落里，一副拒人于千里之外的样子。年轻人啊，就是要多亲近大自然，多交朋友，少睡懒觉，要有精气神儿，不要活得那么丧。

我们齐声大呼：您现在这样子，一点都不"老陈"，完全就是陈教导主任！

可我们又都明白，老陈还是那个老陈，换一种活法，骨子里也还是喜庆热情、乐于帮衬他人的老陈。

林同学说他爸算是活明白了，那就让他按照他觉得最明白的活法去活吧。

他俯身摘了根小青瓜扔在菜篓里，貌似不经意地说：其实我长大后才明白我爸，当年他跟我妈离婚也怪不着他。我爸性子热烈，爱好闯荡，事业失败了就再来，生活起起落落。我妈不一样，就喜欢安稳过日子，经不起折腾。我爸啊，其实到现在也没忘了我妈。他这些年为我们做了多少，我都知道。唉，算了，不说了，反正我妈妈再嫁后也过得很幸福。他们各自幸福也很好。

我抬头，郊区的天空特别特别蓝，云朵都镶着奶白色的边。恍然觉得天空里肯定裹了好多好多人的往事。

我们这么渺小，却又这么认真，只要用心，一切好像也都可以好好过。

我问林同学：你还觉得城市像黑洞吗？

他说像啊，只不过把人吞进去后，出不出得来，得自己说了算。

他新近喜欢上了一个女孩子，也是在茶餐厅认识的。

生活的脉络，清晰可见。

那好吧，我们尽力而为。

有些人的人生不是诗歌，却朴素到自成一派，不需要押韵，不需要迎合，只匹配着自己的故事，流畅就很好。

只有城市从来不慌张

一

"希望是一种坚持，使灵魂深处保有一片自由的天空，为相同的生命做出不同的解释。"这是电影《肖申克的救赎》里的台词。

我时不时会想到这段话，有时候是走在路上看到人来人往，车辆穿梭。也有时候只是单纯地坐着发呆，顺便想一下自由和希望。

这种看起来飘忽的语句，似乎离地很远。每个人都有一种全新的定义，却又无法统一。可当你深入到现实烟尘里，总会在恍然间觉出希望本身就是一种自由，而这世上大多人都在带着希望行走，源于爱，或者别的什么。

因为他们的坚持，让我们目睹生命向上的朝气。像是早晨的太阳般有生机，清清白白去努力，平平淡淡过日子，虽然从不言爱却热热闹闹收获着爱。

他们性格迥异，却在用自己的方式丈量生活。

二

楼下卖菜的大叔凶巴巴的，做生意也不活泛，总是为着一毛两毛钱斤斤计较，哪怕是买了一大堆东西，实在没有零钱，想要把零头抹掉，他也会坚定地说不。

如果不是老板娘在旁边打圆场，感觉要把客人都吓走了。

自从见过两次他同周遭的邻居发生龃龉，我都是宁愿绕远去超市，也不想去他店里买菜了。

当然也有急需的时候，有次正在选菜，他突然问我：你知不知道怎么接收支付宝付款啊。就像别人家的店一样，只要把纸条贴在上面，用手机扫一扫就行了。

我顺着他指的方向，是隔壁面店门口贴的二维码。我只好停下手中的动作，开始教他。他的手机大概是用了很久了，屏幕上都是划痕。界面应该不太灵敏了，他略显笨拙地用力划动着手指，学得极其认真。

我结账的时候，他挥了挥手：不用不用，就当是我交拜师费了。

瞬间，我发现这大叔还蛮风趣。

为了付钱给他，我只好找了个理由：你收了吧，正好可以看看到底是怎么收款的。

他这才应允了，满脸笑容：以后再也不用为找零钱烦恼了，扫一扫就好了嘛。

从那以后，我又开始时不时去大叔那里买菜。对一个人的改观，可能就是从如此随意的细节上开始。

他还是那副姿态，脾气永远很硬，对谁也没有好脸色，只顾麻利地过称、装袋、收钱。

可是他家的蔬菜永远新鲜，小店生意也还不错。

偶尔还会碰到接孩子放学，顺道买菜的年轻妈妈。孩子叽叽喳喳说自己被选上做六一儿童节班级联欢会的主持人了，对着妈妈字正腔圆地念主持词。

我不禁多看了两眼，面对这种人间暖意，我总是会忍不住生出亲近之心。

这一看不打紧，我发现大叔竟然在对着孩子笑。他像是发觉我在看他般，自言自语道：我闺女也是这么高，前阵子也说要为儿童节排练节目。

小小的店里，黄瓜番茄茄子圆白菜，圆滚滚地在架子上待着，像是最有心的观众，见证一个人吝于外露的感情。

我也见过他感情外放的时候，那是他拿着手机和女儿视频。小姑娘声音响亮，开开心心地说很喜欢爸爸寄回去的书。一家人挤在小店里，隔着手机屏幕，以笑容相对的方式团聚着。

感情有时候就是这么神奇。明明是同一个人，心上的情感却分成两路，内敛的柔情给了家人，外放的硬气变成了面对外人时的武器。

或者说，再冷酷的人也愿意对在意的人展露温软。

同朋友说起这些，她说其实这就是人的本性啊，亲疏有分，才显得出"亲"的重要性。所以啊，我一直都不适应现在动不动就开口叫亲爱的，哪有那么多亲爱的呢，并不是所有人，都值得上被称呼一声"亲爱"。这大叔多好，把自己的好脾气都留给了亲人。

对啊，有多少人都是热衷于把坏脾气留给最亲近的人呢，就因为亲近，反而可以有恃无恐。

从此，我倒是在心底把对大叔的坏印象全部抹掉了，也不再绕远去买菜了。

菜店里的生意依旧很好，我也从来没见过他们两口子有摩擦。一个人是犟脾气，另一个就负责从中调和

爱包含许多含义，和谐和默契大概也深藏其中。

在他家买了很久的菜之后，我突然发现一个问题：这大叔虽然计较，但从来不缺斤少两。虽然冷着一张脸，但遇到老人来买菜的时候，也会上前搭把手帮忙挑选。不然，小区内的菜店不只这一家，怎么偏偏这家生意最好呢？

自此我理解了"面冷心热"的意思。

他这么计较的原因是什么呢？没准是为了给孩子多买些书呢？嗯，一定是这样，我想。

三

我对理发师的要求有三个：话少，不扰人，不推销。倘若能做到这三条，哪怕水平并不高，我也愿意成为常客。这多少有点像那个买椟还珠的人，可没办法，我怕吵。

需要做头发的时候，待在那把理发椅上几个小时就够烦躁了。

有时候，只需一辆共享单车带来的便捷和温暖，就让自己的心被点亮了。

他慢慢往前走，肩上一条狗，
有一瞬觉得很温柔。

下班路上，跟着城市的节奏，练习逞强。

我不舍得离开郑州的原因之一，
这里有我喜欢的书店们。

如果还有人持续性投递给你并不想接收的句子，让人不得不客套地应对，就只希望快点睡着。

直到遇到理发师周——我只知道他姓周。

第一次过去剪头发，他只询问了下可不可以按照我的脸型给我换个发型，说了下我目前这个发型的优缺点，而后拿来一个小本子，在上面写写画画，为我解释一通，再对着镜子里的我说：换个这个发型也许会好些，你要不要试试呢？

大概是因为从没见过这样把询问拿捏得诚恳有度的理发师，我接受了他的建议。当然，结果很满意。

最重要的是，他在剪头发的过程中，再没跟我说过话。

后来，每个月需要打理头发的时候我就会去找他。

有时候恰巧路过，没有提前预约，赶上店里人多，我也愿意坐着等。理发店靠近附近几所大学，客流量很大，以前面对这样的情况，我都是转身就走的。

可他总是很真诚地跑来说：抱歉，你稍等下，马上就好。

最后，哪怕别的理发师有空档，我也还是想要等等他。

后来我发觉，很多人过来剪发，直接都是找他。他总是询问下对方的要求，一一作出安排。有次，店里的学徒帮我洗头发的时候，带了几分羡慕说：我要是有我们店长那样的好手艺就知足了。

我那时候才知道周原来是店长。

他从来没说过这件事。虽然我在那儿剪了很多次头发。他大概是看出我喜欢安静，只简单问过我做哪类工作的，怎么这么爱看书，就再也不打扰我。

唯一一次说了很多话，是他提到自己的孩子。他问：你能帮我给孩子取个名字吗？我希望他成为一个有学问的人，不要像我。

原来他已经结婚了，老婆都快要生孩子了。言语间我得知他竟比我还小两岁，工作年限却是我的两倍。初中毕业就出来混生活，从学徒做起，一步步成了店长。

他说得稀松平常，只摘取工作时的趣味片段，这些年辗转走过的城市里的特殊印象。温温淡淡的，像是时间带给人的只有成长。可我们都知道，时间这么作怪的孩子，怎么可能不闹腾。

他也跟我聊书，说他最近在看育儿类的书。马上就要做爸爸了，倘若一点都不懂，怎么能教育好孩子呢？老婆的学历也不高。所以他现在要多拼多挣点钱，以后可以让孩子读好一点的学校。

"不过啊，现在我觉得已经很好了。我一个才初中毕业的人，在这儿买了房子有了家。我已经很知足很知足了。"他沉默了会儿，似是对自己的人生有了个总结。

起承转合，有些人的人生不是诗歌，却朴素到自成一派，不需要押韵，不需要迎合，只匹配着自己的故事，流畅就很好。

我也会看他的朋友圈，不花哨，少自拍。日常里除了老婆就是爸妈。会接爸妈过来玩，配文有几分心酸，诉说老人不适应城市的生活，总是待几天就离开。看得出他有很多不舍。他也很爱老婆，逢结婚纪念日、对方生日，一定要请假陪着。

那次聊天后，我们倒是熟悉了一些。他也会跟我讲些自己的家事，和老婆认识的经过。也是几分朴素的恋爱，说不上浪漫，尘世里的小夫妻，互相鼓励，一起打拼，有家可依，有爱可伴。听起来家常，倒也撩人，暖薰薰的。

后来，我在他朋友圈看到他的孩子出生了。

我到底也没有帮着取名。孩子的名字，外人取得再好也觉得不合适。

是他自己抱着字典一点点查的，叫周怀瑾。

很好很好的名字。

怀瑾握瑜，这该是极清澈的一生。

四

我们追逐一些东西，坚守一些希望，在心底存一腔自由，是为了什么呢？也许卖菜的大叔，理发师周会比我更懂得。

在我们感慨生活乏味的时候，他们始终知道什么才是所爱，始终在为了所爱去追求多一点，哪怕一点点地得。

生活太难，每个人都需要一点感动来御寒。

深爱这风景

一

你一生中最害怕什么，失恋？失去？那些和自身具备关联，后来又逐渐剥离的事物总是令人惆怅，哪怕仅仅是用一个词汇表达出来，都有一种揭开了伤口的无奈。可这些东西只是暂时性的，你知道已经挽不回了，如果你不去介意，就不可能给你造成任何实质上的压力。

你放下的那刻，就是成全了自己。

那么，最害怕的是什么呢？我问过自己。

不是一些以"失"字开头的人生，而是争取不到，无能为力，只能放任压力如黑洞一样吞噬自己。这样的压力不一定是特别大的事件，有可能只是别人眼里的琐屑小事，可在某个特点的阶段，你就是找不到出口。

于是，我就站在那里，跑两步，后退两步，偶尔也回到原地，可我就是找不到出口啊，急得想哭。

说出来也算不得什么了不得的大事件，只不过是找不到工作而已。可找不到工作我就养不活自己，房租，饭费，生活费，一切和费用挂上勾的人生都不能变成不可控的。

但我就那么不可控了。租住的小房子房租快到期了，下一季度的房费没有着落，写的大大小小的故事经常卖不出去，编辑说你写的这种故事，过于平淡，没有噱头，时代感不强，现在谁还看呢？我只好按照她的要求去改，改完了之后又会因为新的原因被毙，我只好翻来覆去地改，改到最后，我已经看不出来自己的初衷，故事的主角连我自己都不认识了。不过，这样子偶尔还能拿到一两笔稿费，否则就只能把稿子放在电脑硬盘里沉下去了。

坚持做了一个季度的自由撰稿人之后，我开始怀疑自己。我固执地选择的路，有可能是错的。

最大的原因是，我的存款花没了。

我只好出去找工作，挑肥拣瘦地找了一个星期，还是只能窝在出租屋里吃泡面。

我没有写作的天赋，这下连生存的能力都没有了。

楼下有个小吃店，卖一些特色小吃。蚵仔煎，章鱼小丸子，花枝丸……我吃过一次他们的蚵仔煎，店员用一种嗲嗲的语调模仿着台湾腔说，这是本店招牌，台湾的ô-ā-jiān哦。我吃过一次，就再没光顾过，因为对我来说，这样的小吃也已经负担不起了。

可连着找一星期工作都失败的那一刻，我真的不想回家吃泡面了。于是就近乎自暴自弃地坐进了店里。

过来招待我的是一个清秀斯文的小姑娘。

我说我不要ô-ā-jiān，我要吃面，除了泡面什么面都可以。

她愣了一下，默默地转身走了。过了一会儿，端过来一碗番茄鸡蛋面，汤汁红艳，青菜绿莹莹地漂浮在上面，令人食欲大开。

我把一碗面吃完，心情莫名好了起来。

结账的时候，她说面是送你的。你住在对面，对不对？我经常看见你坐在窗口看书。

我顺着她的目光往外看，对面真的是我小屋的窗户。

我不知道说什么好，她似乎有点尴尬地笑了笑：我喜欢会读书的人。

我抬头看到她身后墙上贴的菜单，菜品、价目一目了然，却没看到西红柿鸡蛋面。

走出店门的时候，我心想：读书好吗，读书有什么好？这么好吃的西红柿鸡蛋面，我可不会做，我连温饱都顾不了。

二

那之后，我又收到了两笔稿费，勉强可维持一阵子日常，但是找工作的事情不能停。我不能再放任自己陷入这样的困顿里。

有时候白天去找工作，晚上挤地铁回来，累得浑身疲惫，我就还去楼下吃面。那姑娘讲她的故事给我听，翻来覆去，无非是在外面漂泊，挣到一些钱，盘了这家小店，终于可以不用给别人打工了，有了自己的营生。无奈，可能是跟自己不善经营有关，店里的生意总不太好。我有时候听着听着就会困得打瞌睡，她就催促我早点回去休息。

虽然用语言说出的漂泊，似乎轻描淡写。可我知道，每一个过往里，都一定揣着心酸。

间或，我不忙的时候就会去张罗着帮她的忙，因为生意不好，原先帮工的店员被她辞掉了。我给她出主意：不一定要跟风做特色小吃啊，你的面做得那么好，也可以试着在店里推出一些面食啊！

我还热络地帮她制作了一些宣传单。她一直道谢。可我总觉得这一切都抵不过她在那个夜晚特意为我做的那碗面。

生活太难，每个人都需要一点感动来御寒。不过是把她给我的，我又还给了她。不是为了互不相欠，而是想因为一份惺惺相惜而互相关联。

我不想失去，也不想不可控，我想要成为一个跟万事万物都情谊相关的人。

三

她带我去看过一次她妹妹。她刚刚 20 岁，在一家卖陶笛的小店里做导购。很漂亮的女孩子，穿着棉布小白裙，头上扎了几根清爽的小辫子。和她一样，对人微笑的时候很温柔。陶笛店布置得很文艺，妹妹就坐在那里吹陶笛，曲子动人，吸引了很多游客。有人问价，有人请她教授吹奏方法，她就欢欢喜喜地去做。

只是，妹妹起身走动时，我才发现她小白裙下的右腿是跛的，一瘸一拐，行动缓慢。

我有丝诧异，装作不经意地去拨弄着挂在墙上的陶笛，心里感慨，妹妹那么好看的姑娘，可惜了。

可她不这么想。

她说妹妹的腿是因为小时候患小儿麻痹留下的后遗症，但是妹妹喜欢音乐，非要吵着来打工。原本想让她在自己的小吃店里帮忙。妹妹不依，最后应聘到了这家陶笛店。

"我妹妹可聪明了，学什么都快。"她骄傲地说。

我有点惭愧，说不清道不明的。

她没有读过什么书，言语间从来没有一句大道理，可她的生活处处都是大道理。她说各人有各人的活法，各人有各人的机遇。她就想把店里的生意做好，挣足了钱，找一个她喜欢也喜欢她的男人嫁了。嫁不出去也没关系，自己总是能照顾好自己的。

她明明比我大好几岁，可说起这些话，倒像是个纯真的孩子。

我后来接到了一家杂志社的面试通知。于我而言，那大概是最合适的工作，既可以继续做着写作的梦，也可以顾得了生计。就像她说的，如果一种生活不行，就换一种生活，学会拐弯就行了。蚵仔煎卖不好也没关系，说不定番茄鸡蛋面更受欢迎呢。在这个过程中，也可以去尝试炸酱面排骨面啊。

失去不可怕，压力也不可怕，去找到新活法就是所有问题的解答。

她的小店生意真的变得好了一点，妹妹还在追她的音乐梦，我也还在写卖不出去的故事，而我们，都不再质疑自己的人生。

在这安静世间，就让我们心存多一分，再多一分温暖。从别人那拿到，再当作礼物送给更多的别人。

在这安静世间

一

尘世有许多种味道，最治愈的一种是温暖。

温暖这种味道，起初贴地荡漾起一小圈，当你靠近想要伸手召唤的时候，它就会再往你身上蹭一点点，蹭着蹭着就在不知不觉间晕染开来。

人和人有时候就是靠着这种气味识别对方的。

两个并不熟识的人，在同一路口相遇，你冲我微笑，我也还你一个微笑，我们用笑容交换了一瞬间平和的对视，有可能就会得来一刻钟甚至一天一年一辈子的相交。

而有些给予，不是为了结交，只是在宁静世界里心存的一点温软。

二

一碗馄饨五块钱，有够便宜的，晚班后拿来做宵夜最合适。皮薄馅多的小馄饨，肥肥白白地在热汤里扑腾，煮熟后加进去虾皮紫菜葱花香油，香喷喷就是一大碗。

在外的时候，食物的温度才是最贴心又贴胃的。

摆馄饨摊的是个五十多岁的阿姨。她喜欢穿红色，各式各样的红：枣红色的格子外套，玫红色的针织衫，甚至敢穿最挑人的粉红色毛衣。

她皮肤黝黑，嘴巴瘪瘪的，用黑色皮筋扎一条马尾，发尾卷曲的弧度似乎在认真张扬着一种历经岁月磨炼的温柔。

她话不多，只是每次端馄饨过来时都要叮嘱一句：小心烫。我点点头，注意到她大拇指上缠着的胶带，应该是多天没更换，蹭了灰，泛着旧旧的白。

来吃馄饨的人并不多，一整条小吃街可供选择的吃食太过丰盛。客人少的时候，她会把围裙脱了挂在推车上，在旁边站着发会儿呆。

街道的对面，是新闻出版局。

她有次问我：这样的单位不容易进吧？她说自己家闺女是学出版的，她虽然不知道出版具体是做什么的，语气里却全是骄傲。

孩子是极容易让母亲感到骄傲的，无论他们有没有成就，单是健康长大这件事，就能成为她辛苦灌溉的硕果。倘若再读个好大学，有份好工作，就能成为母亲嘴边唠不尽的日常。

我家的孩子，你家的孩子，母亲们凑在一起交换孩子的成长时，总会心照不宣地保留一种态度：无论你家孩子多优秀，始终我家孩子最好，面上却要不时地称赞别人家的孩子。

我小时候不懂得这道理，总埋怨我妈不给我面子，讨厌被别人家的孩子抢了风头。现在想想，也许我也无意间被动成了别人家的孩子呢？

卖馄饨的阿姨家的孩子就是这么被她妈妈输入我的印象里的，当然她并不知晓。

我有时候觉得这种被动输入也蛮温柔，尤其是在方方正正的格子间坐了一整天，大多数时间都是在敲击键盘，偶尔开口也都是程式性地处理工作。工作外，需要接收这种有人气的话语。

于是，我也会尽量回应她的话。

有一搭没一搭的，她陪我闲聊两句，再去招呼别的客人。

我吃过后结账，她匆忙说句"下次再来啊"。

下次，也还是类似的故事。

可这类似里，又总有很多不一样。就像枣红玫红粉红是不一样的红，今天明天后天也总是不一样的天，虽然好像是在重复着。只是这重复之间，馄饨摊阿姨记得我爱吃辣椒，喜欢多放香菜，我注意到她的发型虽然没变过，可黑色皮筋间总有不一样的点缀。

看真切点，总是能窥见活络些的风景。

只是那时候，我对疲沓的日子倍感厌烦，越觉得难应付就越不知如何应付。有次吃馄饨的时候没绷住，恍然就带了泪意。我以为掉在馄饨里不会被看到，准备赶紧吃完就回去。

她原本在忙，突然转身过来，把一碟油炸蛋卷放在我面前。

"我开发的新菜式，你尝尝，给提提意见。有啥事都别担心，吃饱了就好了。"说完，她用围裙擦了擦手，就又去忙活了。

我坐在那儿，一点点把蛋卷吃完——刚炸好的蛋卷外酥里嫩，真是好吃呀。

回去后，我给我妈打电话，问她：你还记得我小时候最爱吃什么吗？

我妈说：你小时候爱吃的东西可多了，然后竹筒倒豆子一样，把我小时候的事儿又讲了一遍。

那些我听起来拧巴又尴尬的往事，在她那里，听起来都甚是有趣。

原来我也是我妈湿漉漉的骄傲呢。

三

他不认识我，但我记得他。

他在公园西门摆了个摊位卖书报，连带着卖一些记事本、纪念章之类的小玩意。虽然是在闹市，却也不怎么吸引人停脚。

我买过几个印刷规整的日程本。看见过他拿旧报纸练字。很舒展大气的字体，写的是龚自珍的词：一丸微月破黄昏，柳花桃叶正纷纷。我只潦草记得这两句，并不能背全。大多数诗词我都是囫囵吞枣地念过，记下一句半句。有时候提起来，保不齐还会张冠李戴。

他的字太漂亮，我没舍得立马走开。

他抬头问了句：喜欢读诗词吗？

我点头。

他又问：知道这是谁的词吗？

我继续点头。

他笑说：你这孩子，只知道点头可不行啊。

我那天穿了一套板正的西服套装，还踩着高跟鞋，化了妆，自以为可以维持着成年人的得体。可他脱口而出的"孩子"，让我有一瞬想把外面这层故作沉稳的外衣脱掉，再去当个内核柔软的小孩。

可到底只是想想，我抱着日程本走开了。

每次路过，都可以看到他在那里，头发花白，架着眼镜，有时候看报，有时候写字，身畔不远处是搪瓷杯，倘若不是在马路边，我都疑心这是哪个机关办公室。

只可惜书摊上的书没什么挑选的价值，否则倒可以时常看他练字。

陌生人靠近陌生人，总是要靠那么点机缘，又有很多分小心。谁让我们身上都背负着"生人勿近"的牌子呢？

周末的时候，我逛超市回来，顺道站在他的书摊前翻了会儿书，有点惊讶地发现，原来的那些漫画书、流行书都不见了。现在摆的都是旧书，有些已经翻得卷起毛边了。

我一一看过去，有《红楼梦》《家春秋》《唐诗三百首》《古诗源》……并非多么有价值的收藏版，但看得出来阅读者很用心，每一页的空白处都有批注。

他把帽子取下来，抖了抖又戴上。时序已近深秋，户外多少有点惨淡的凉意。

他像是自言自语，又像是在对我说：退休了，没事做，本想当个小书贩，特意让我孙子帮着挑选的书，可也没卖出去多少。天冷了，不卖喽。

"那您这些书？"我疑惑。

"这是我读过的书。年纪大了，也存不住了，拿出来看看能不能遇到哪个有缘人。来，姑娘，你挑挑看，有没有喜欢的，送给你。"

我挑了两本书，偷偷把钱塞在了收纳笔记本的盒子里。

他大约是看到了，也可能没看到，只温和地笑笑，不多发一言。

自那以后，我还是会从公园西门走过，一次又一次，有时候穿着工作装，有时候穿着裙子，有时候步履匆匆，有时候踢踢踏踏。

可是我再也没有遇见过他。

哪怕我每次经过都要朝着他曾经摆摊的方向张望一下。

不知道他是生病了，还是家人想让他在家颐养天年。

我希望是后者。希望他种花得花，写诗练书法。

我把从他那儿买的书，整齐地搁在了书架上。

四

很奇怪，工作场合中日日相处的同事们，不见得能说知心话，可小区楼下卖炒面的阿姨说：你来了呀，天气干，别放太多辣椒了吧，我给你多加点鸡蛋——一句话就可以让人在异乡的风里流泪。

朋友说：是因为我们同这些人没有利益瓜葛。

我却不这么觉得，不经意的温暖原本就不需要用力，大家投递的时候，谁也没有在意，也不会要求对方一定要记挂。

所以，才更显得温柔。

无言温柔最动人。在这安静世间，就让我们心存多一分，再多一分温暖。从别人那拿到，再当作礼物送给更多的别人。

后 记

一 切 都 是 美 好 的 安 排

过生日的时候，朋友送我一个钱包。她说：你看这颜色，雾霾蓝，多衬你的气质。我一时兴起，问她我是什么气质。她摆弄着手上的镯子，没抬眼答了句：又丧又让人欢喜。

这一句，说不上精准，却也恰如其分。

哪怕在"丧文化"盛行的今天，我都不觉得自己和"丧"这个词有什么搭调的地方，可又不得不承认，我确实活得不够松弛，这种不够松弛并非外在流露出来的慌张，而是内里的拧巴和敏感间隙性会出现在生活里，周期很短，呈现方式时常是想要独处、懒得说话、自我怀疑。也没有别的办法好调节，它会自动治愈。可能因为日常里的一件小事，瞬间觉得快乐，一下子就能从坏情绪里跳出来。也可能因为身边人的某句话，心头一暖。

所以，我偶尔的"丧"，来得快，去得也快。

在这样的过程中，我渐渐发现，治愈这种"丧"的日常小事，能切切实实让人感受到美好和愉悦。左不过都是一些大家都看得到，却不一定留心的小片段，一眼瞥过过，随之即忘，但倘若那一刻你的情绪是紧绷的、压抑的，没准你就能从中收获一些不一样的快乐。

用村上春树的说法，这叫"小确幸"，微小而确定的幸福。可对我而言，这些并非"小确幸"，因为它们都不确定，只是这人山人海里，我投去一眼，留在眼底的印记。也许是迎面而过的那个边吃冰淇淋边用手擦嘴的姑娘，真可爱呀；也许是小孩子突然对着你说了句机灵话，真纯净呀；也许是恋人冲着自己跑过来时眼睛里带着的笑意，真柔软呀。

这种温暖不是体己的，也不是私密的，更像是这个世界投递给人类的信号，让我们在不够圆润的生活里去感受一些温度，如果你能接收到这种信号，也就意味着你能收获这种欢喜，收获欢喜之后，还可以把你的欢喜带给那些不够欢喜的人。

不得不说，我喜欢接收这样的信号。这让我觉得安全。

除此之外，能够治愈你的一定有亲近之人。哪怕他们言语不多，表现力不强，却总能在紧要关头，成为你的生命之光。

亲情

我生命里最亮的光束来自我的亲人。和大多数人一样，我有着普通的家庭，感受的是亲人间平凡的情谊。他们羞于表达爱，关心都是平铺直叙的。你想要什么，我可以给你，但不一定全部都能给你。我给你了，你要接受，我不给你，你也不能讨要。

小时候，我一度觉得这是一种自然不过的定律。长辈的意见要听从，不能忤逆，要有礼貌，懂规矩。就在这样的环境里，我收获了一套很平稳的教育方式，外到待人接物，内到独立自持。他们用自己的人生铺出的阅历来一点点喂养我，这些当然不够，却也让我懂得怎么做一个尽可能得体的人。

就这么有一天，我长到了和他们那一套人生阅历相对立的年龄。仿佛是一夜觉醒，我们展开对峙。为着要不要考公务员、可不可以辞职、该不该早点嫁人等一系列问题。我的答案在此处，他们的要求一定在彼端。

这样的系列问题，逐年递增。

他们觉得我脾气倔。我觉得他们不可理喻。我们从不曾是敌人，却只能坐在谈判席。我期待和谈，苦口婆心地摆出我的道理，却只能换来一声又一声沉重的叹息。

心突然就疼了。他们也是普通人，有自己的缺点和喜好。亲人也只是比外人多了机缘才来到我们身边，有了血脉相连的关系。

他们包容过我的年幼无知，我又有什么理由不去尽力填充我们之间的沟壑呢？

可往往沟壑还来不及填，他们就妥协了。

我爸说: 闺女，按照你想的去做吧。实在不行就回家，爸爸养你。

这世上，唯有爸爸说"我养你"的时候，我是相信的，因为我知道他养得起。不管是拿什么来养，他都会让他的女儿知道，这世上还有爱这回事。

哪怕他从来不说。

友情

和亲人之间不能全面沟通，总会有那么一些不能化解的部分，让人失落。苦思冥想而不得解的情绪，让人失控。这时候，我的朋友们会上前一步，不是为了劝说一番，担纲人生导师。只是静悄悄立于一旁，让你的一腔心事，随时随地都有着落点。

这些朋友性子迥异，唯一的相同之处，大概就是有了我这么个让她们挂念的朋友。不管是我拨出的宛若祥林嫂一般的诉苦电话，还是面对面扔给对方的满腔抱怨，她们都收着，并不揣怀里，而是想办法和我一起将这些问题扔掉，且不会因此觉得我丧气。

她们知道，我会重新点燃起热情。只是在没有热情的时候，需要待在一个不那么黑暗的地方，休息一下。

有一段时间，我总是想不开。不知道接下来要去做什么。为什么别人能达到一个高度，我不可以。明明我也努力了，还是只能处于一个不上不下的阶段。我害怕这个社会极度严苛的年龄层次分布，网络里充斥着类似"各个年龄段应该年薪多少，处于什么阶层"的新闻。我好像总是拖后腿的那部分。

我要继续读书吗？我要买房吗？读书的话，势必会把这些年的积蓄花光；买房的话，攒够首付的能力完全赶不上房价上涨的速度。

这种压迫感让我在人群中独自站着，无路可走，无处可去。

我清楚我需要靠自己走出来，每个人最终也只能凭借心性让自己在嘈杂天地里有一方小小空间。

可那么空洞的时候，很难不需要一个支撑。

我曾在车站给朋友打电话哭诉种种艰辛。她任凭我哭，冷静地说：你要读书就去复习，你要想买房就明天去看楼盘。钱不够还有我。

你看，哪怕物质不够充裕又怎样呢？我的精神上从来不缺接济。

我就在这样的接济里，逐渐走出了让自己喜欢，也让她们骄傲的路。她们毫不犹豫地跟别人炫耀我有多厉害，她们恨不得向所有人推荐我的书。

精神支撑到底有多重要呢，重要到我从一个胆怯、不够自信的女孩子成长到现在终于可以站在这里说：

我很好。

爱情

就这么依附着生活抛出的橄榄枝往想去的地方去，有过亲情的滋养，也有过友情的浸润。从一开始的蹒跚学步，到现如今尝试着在混乱中求一份有序。

自己在困顿里挣扎过，也看过别人身处旋涡。这世界太大了，今天对面而坐的人，明日可能就是天涯。这世界也会有一些地方不近人情，任凭我们哭泣，也不会对着你眉眼柔顺。

为此，我们会优柔寡断，会歇斯底里，哪怕做好了成为一座孤岛的准备，也还是会有间或的蠢蠢欲动，渴望有那么一个人，带来爱，带来情，带来爱情。

两个人可以把不能对外人言说的话，敞开了说。可以相视而笑，内里温存。

我见过别人的爱情浅，也见过别人的爱情深，自己也体验过爱情里的深深浅浅。在这个阅览和体验的过程中，总算是明白爱情从来不是单一的投递，而是双向的回应。

如果上帝是公平的，合该每个人都有遇见爱情的机会，因为这种情感的呈现方式太过独特。

有赤裸裸的，有热情的，有苍白无力的，有鲜艳的。但每一种都是很难掩饰的，一如纳博科夫在《洛丽塔》里的描述，人有三样东西是无法隐瞒的：咳嗽、贫穷和爱情。你越想隐瞒，越欲盖弥彰。

可我们啊，一旦陷入爱情，就容易做尽人间傻事。

于是，就有了悲剧、喜剧、开放剧。

幸运的是，我在这些不同的剧集里，做过亲历者，也做过旁观者。最后，成了记录者。

世情

可我想记录的不止这些，并不是说我野心庞大。而是因为亲情与生俱来，柔润如水；友情是相逢之人总会相逢，自有光彩；爱情是不管我心有猛虎还是狐狸，都有我想嗅的蔷薇或玫瑰。

唯有陌生人之间的情谊，是转瞬即逝的，留下的余温不足以在生命里长期挂靠，却也有可回味的余地。

常去的面馆里的大叔记得我爱吃辣，每次不用提醒，都会为我加辣。可秋天来临的时候，他悄悄嘱咐了一句：天气干燥，还是不要吃太辣。

楼下的大爷每次见我都要打招呼：去上班啊？下班啦？脸上的笑容让人在异乡生出一股心安。

哪怕是坐在公园里玩手机，都有老奶奶过来对我说：姑娘，不要距离手机那么近啊。

……

朋友说我天然长了一张讨长辈欢喜的脸，她们极少有这样的待遇。如果真的是这样，我要感谢我这张并不好看的脸——兴许它亲切，让我看起来天然具备共情能力。

就这样，我一路走来，收藏着这些欢快的经历。是这样的经历，让我成为我自己。没有那么完美，没有那么好看，但有温度的自己。

是这些经历，让我明白，这世上的一切，都是美好的安排。总有那么一些时刻，你会和这些美好安排迎面。但在迎面之前，你要做好准备，否则，迎面也可能不相识，唯有擦肩。

这是这个世界投递的美好信号，幸运的是，我一直接收得到。

美好

如果说之前我一直着力于表达自己的情绪，那么这本书，我想描述的是别人的生活和情绪以及他们的情绪在我的世界里碰撞出的结果。

是这些碰撞，让我学会自省，学会温柔，尝试去跟困惑握手言和。

亲情、友情、爱情、世情，感谢这些美好情感，使我拥有真实的快活，才能在痛苦劈面而来的时候不至于狰狞不堪，才能在偶尔丧气的小情绪之后依旧大刺刺地活着。

并且活得好。

我依然拧巴、敏感，但我永远不会放弃自我。

柏瑞尔·马卡姆在《夜航西飞》里说：可能等你过完自己的一生，到最后却发现了解别人胜过了解你自己。你学会观察他人，但你从不观察自己，因为你在与孤独苦苦抗争。不可避免地孤身一人，除了自己的勇气，没有别的好盘算；除了扎根在你脑海里的那些信仰、面孔和希望，没有别的好思索——这种体验就像你在夜晚发现有陌生人与你并肩前行那般惊讶。你就是那个陌生人。

每个人都是属于自己的陌生人，内里的孤独只有自己能体会。

可外界的情感赋予我们的，是在孤独之外，有了更多充盈的美好的情绪，让我们懂得，即便这世界偶尔煽情，但不会永远深情，我们也还是能义无反顾地走下去。

没有美好，就制造美好。没有爱人，就做自己的爱人。

这一生，你需要做的准备就是心怀期待，迎接美好的安排。